Emile COLLADO-DEL CAMPO

UNE VIE...
       UNE HISTOIRE...
              DES VIES...

Apolonia GONI et Pedro DEL CAMPO

Apolonia et Pedro au Pays Basque

Préambule

Nous venons de faire un grand saut en arrière.

Nous sommes allés à la recherche des grands-parents maternel, en premier lieu, dans le Pays Basque, Province de Pampelune, en Navarre Espagnole, puis Française, mais également en Castille-Leon, Province de Zamora, au Nord Est du Portugal, pas loin de la Galice.

Quelle aventure familiale avec la cousine Françoise DEL CAMPO-CARRERA, le cousin Michel DEL CAMPO, son épouse Patricia, notre épouse Solange POMPIGNE-COLLADO.
Un grand plaisir, un bonheur d'être ensemble, plein de suspense, de surprises et d'informations sur la vie familiale!

Il nous faut maintenant conter cette aventure avec toutes ses informations, vérifiées, classées, mise en perspectives avec l'Histoire, la grande Histoire pour y comprendre quelque chose.

Mais aussi également pour transmettre aux parents, anciens, puis les plus jeunes de la famille, mais également aux lectrices et lecteurs, qui nous ferons l'honneur de découvrir ces écrits sur cette œuvre mémorielle, que nous nous sommes engagés de rédiger.

Avec le confinement au printemps 2019 sur la COVID19, nous voilà en « prison volontaire » pour un certain temps, et donc à la recherche d'une activité d'intérieur.

C'est le moment de passer à l'action et honorer notre engagement.
Nous sommes confrontés au « rendre compte », à l'oral d'abord, mais surtout à l'écrit, car la mémoire « butte » de plus en plus avec l'avancée en âge.

Et suivant l'adage « la parole s'envole, l'écrit reste », nous avons bien compris qu'il fallait s'y mettre à l'écrit.

Au début ce fut manuscrit, et sur feuilles de « bloc note»!
Et vas-y que je te recherche la note tant !
Mais où est-elle ?
Bon ! un vrai bazar.

Et les photos, les textes, les extraits de livres, les citations, les documents reçus, trouvés et qu'il faut numériser afin de pouvoir les utiliser dans ce travail mémoriel.

Vous avez compris, les « amateurs » doivent passer à une autre dimension organisationnelle, s'appliquer, avoir une certaine cohérence, pour rédiger un texte mémoriel pour les uns et les autres.
C'est ce que nous ferons, et pour commencer, en travaillant sur des recherches sur les grands-parents

maternels et paternels pour les cousines et cousins suivant les filiations.

Aussi nous nous mettons au travail, de façon manuscrite pour commencer et très vite nous passons au traitement de texte sur ordinateur.

C'est bien plus confortable, mais plus exigeant.
 Néanmoins avec l'habitude, l'entrainement, les divers fichiers, images, textes, sont classés, et le texte élaboré défile sur l'écran de l'ordinateur, avec un « parti pris » qui peut déranger les lectrices ou lecteurs.

En effet, nous avons opté pour la solution du « Béotien », et nous écrivons, non par chapitre, sous chapitre, etc. Mais en chronologie temporelle d'écriture, en fonction du temps et des découvertes que nous faisons, des lectures, et des informations quotidiennes que nous estimons efficientes pour expliquer nos écrits.

 C'est donc en suivant la chronologie du calendrier romain, comme disent certains lecteurs, que nous rédigeons cette œuvre mémorielle et de résilience, que vous allez découvrir.

Bien sûr, au fur et à mesure que nous rédigeons, jours après jours parfois, après plusieurs jours d'autre fois, mais nous prenons soins de mettre en perspective ce que nous rédigeons sur la famille, avec l'histoire, la grande Histoire, l'actualité avec laquelle nous vivons.

Apolonia et Pedro au Pays Basque

Pas de quoi s'ennuyer. Espérons qu'il en soit ainsi pour ceux qui découvrent cette œuvre mémorielle et de résilience.

En effet, vous allez découvrir que nos parents sont des ancêtres importants. Qu'ils ont eu une vie riche et intance.

Nous espérons qu'ils vont devenir pour vous des personnages qui comptent, surtout pour les racines familiales, mais aussi pour l'histoire contemporaine.

Vous allez les retrouver dans « une vie, des histoires, des vies », ce sont les nôtres, et peut être vont devenir les vôtres...

Aux lectrices et lecteurs, découvrir des personnages dignes de respect, qu'il faut honorer, défendre dans une certaine mesure, et surtout perpétuer leur mémoire.

Emile COLLADO-DEL CAMPO.

A Pierre le poète, trop tôt disparu, qui posait tant de question sur Pépé, Ataxie, notre grand-père. Il est le déclencheur de cette aventure.

A mon cousin Michel, jeune retraité plein d'énergie, acteur du Folklore Basque et ses traditions, ma cousine Françoise, ex parisienne comme moi, qui ont acceptés que l'on fasse ce parcours mémoriel ensemble
.

A mes grands-parents maternels, Pedro et Apolonia qui sont l'objet précieux de cette recherche sur la famille de Navarre au Pays Basque

A mon épouse Solange et ma cousine Patricia qui nous ont soutenus avec patience et encouragement dans cette aventure.

A nos enfants : Emmanuelle, Jérémie, Benjamine et leur famille,
Les petits enfants : Flora, Noémie, Héléna, Romuald, Lucille, Mazarine, Alexis, Estéban, pour qu'ils trouvent des racines familiales élargies au Pays Basque.

A mon « Petit Frère Daniel », son épouse Nicole, leur fille Corine et sa famille, dont c'est aussi les grands-parents, tout comme moi et donc nos racines.

A mes Tantes et oncles, mes cousines et cousins et toutes leurs familles qui sont aussi concernés par cette aventure, par procuration bien sûr ! Il aurait fallu un bus autrement. J'entends la demande d'Airbus 320, il faut réfléchir vu les circonstances...

A ma mère Gracieuse, Gachouch, Jesusa, dont c'est les Parents. A mon père Emilio dont je ne sais pas s'il connut mes grands-parents maternels, puisque décédé en janvier 1952.

A tous ceux qui nous ferons l'amitié de nous lire et découvrir « Une Vie, Une Histoire, Des Vies », car ce sont les nôtres.

Emile COLLADO-DEL CAMPO.

Cravencères - 32110 Gers - Année 2020

« Aventures dans les recherches sur les ancêtres de la famille Del Campo »

Il était une fois, une réunion de famille où une bande de cousines et cousins se remémorent la grand-mère Apolonia et le grand-père Pedro, maternel pour les uns, et paternel pour les autres.

La mémoire est parfois défaillante, parfois aussi porteuse de questions, d'interrogations diverses. L'avancée en âge des unes et des autres amène à des perceptions diverses et variées. Mais que faisaient-ils les ancêtres ? Ils sont nés où? A l'étranger, oui, mais où?

Apolonia et Pedro au Pays Basque

Ah! Mais alors pourquoi ont-ils émigrés en France? Quand? Où? Que se passait-il à cette Époque?

Mais qui sont les tantes et oncles né(e)s en Navarre (Espagne)?

Les autres, tous nés au Pays Basque en Navarre française, que sont-ils devenus eux aussi ?

Le champ des questions, avec le temps, c'est agrandi.

Il était donc une fois...

C'est bien ainsi que commencent les conteurs, lorsqu'ils débutent une histoire, même familiale, certains disent une „saga", ce qui fait plus télévisuel, mais chic!

Alors, au risque de paraître ridicule, nous allons procéder comme ils le font.

Donc! Il était une fois, une famille du Pays Basque, qui c'était réunie sous l'égide de la Sainte Eglise Catholique et Apostolique, en la Cathédrale de Pamplona, en NAVARRA, le 04 Septembre 1911, pour célébrer le mariage de Apolonia 18 ans et Pedro 28 ans.

Ce sont nos grands parents maternels ou paternels, suivant la fratrie à laquelle nous appartenons, des enfants de ce couple consacré à Pamplona en Navarra Espagnole.

Ainsi, grand-père : **Pedro DEL CAMPO** né le 29 **juin 1883 à Trabazos** (Provincia ZAMORA CASTILLE Y LEON. - prés de la frontière du nord du Portugal) Il est le fils de **Martin DEL CAMPO** son père, né à Calabor, (Provincia ZAMORA CASTILLE Y LEON), et de **Géronima CHIMENO**, sa mère, née à Calabor.
Il est décédé le 16 janvier 1967 au quartier d'Ibarre, commune de Saint Just Ibarre (64) France.

Quant à grand-mère : **Apolonia GONI** née le **08 février 1893 à Eugui** (Provincia de Pamplona/ Navarra) dans la montagne navarraise, près de la frontière Française de

Apolonia et Pedro au Pays Basque

Roncevau. Elle est fille de **Lorenzo GONI**, son père, **né le 20 avril 1867 à Agorreta** (Province de Pamplona/Navarra) et de **Francisca Antonia EGOZCUE**, sa mère, **née le 18 juin 1869 à Eugui** (Province de Pamplona/NAVARRE).
Elle est décédée le 03 novembre 1973 à Bayonne (64) France.

Pedro DEL CAMPO-CHIMENO et Apolonia GONI-EGOZCUE

Aventures dans les recherches sur les ancêtres de la famille Del Campo, Voilà les éléments que nous possédons sur nos grands-parents.

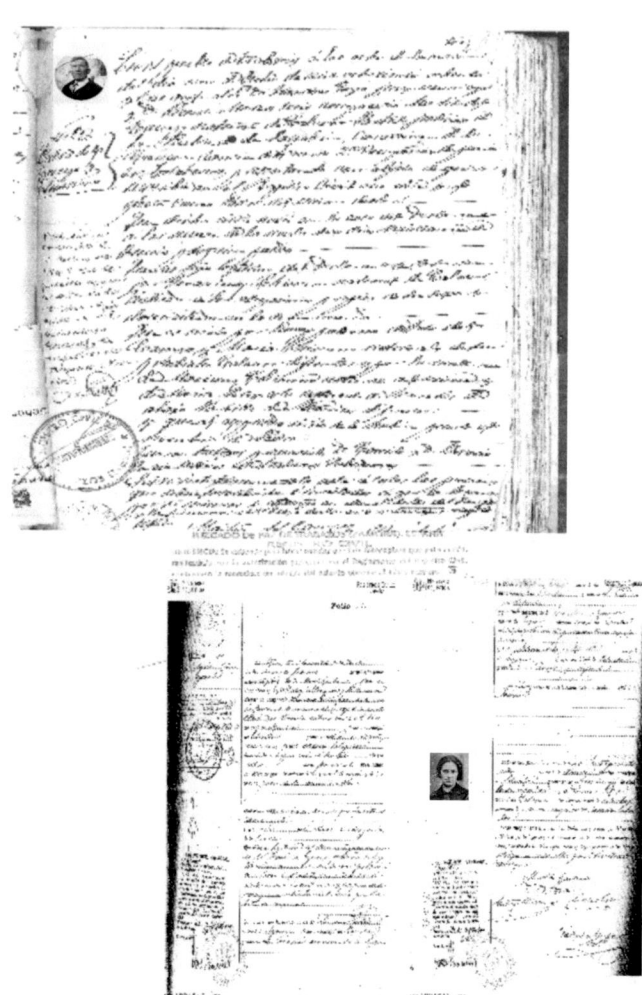

Mais voilà! Dans la famille tout le monde ne semble pas être du même avis et avoir les mêmes informations.

Apolonia et Pedro au Pays Basque

Il était une fois, une réunion de famille où une bande de cousines et cousins qui se remémorent les grands-parents. Pour les uns maternel, et paternel pour les autres.

La mémoire est parfois défaillante, parfois aussi porteuse de questions, d'interrogations diverses.
L'avancée en âge des unes et des autres amène à des perceptions diverses et variées.

Mais que faisaient-ils les ancêtres ?   Ils sont nés où ?
A l'étranger, oui, mais où ?

Ah !   Mais alors pourquoi ont-ils émigrés en France ?
Quand ?   Où ?   Que se passait-il à cette époque ?
Mais qui sont les tantes et oncles né(e)s en Navarre (Espagne) ?
Les autres, tous nés au Pays Basque, à Ibarre que sont-ils devenus eux aussi ?
Le champ des questions, avec le temps, c'est agrandi.

Mais pourquoi et comment, les grands parents et leur famille de six enfants, dont l'aînée Victoire à 9 ans, Firmin 7 ans, joseph 6 ans, gracieuse 4 ans, Paco 3ans, et la plus petite Rosalie à 1 an à l'époque, ont-ils choisi de quitter la Navarre espagnole pour venir, via Arnéguy, en Navarre en France, et à Saint Just Ibarre, dans le quartier d'Ibarre à Ithurbidia, la maison à côté d'Ertorainia, en 1921 ?

Capture d'écran sur internet du Cadastre de 1900 du quartier d'Ibarre

Toutes ces questions reçoivent des réponses plus ou moins étayées par des mémoires fluctuantes, suivant le temps, l'humeur, la connaissance, des faits de l'époque.
Il faut donc, pour répondre à toutes ses questions qui ont surgis, effectuer des recherches sérieuses.
Elles sont orientées vers des recherches de documents officiels proritairement. Celà s'avère nettement plus compliquées que notre imaginaire l'avait prévu...

Iturbidia en 2020.La première maison où ont résidé la famille arrivant de la Navarre Espagnole.

Ikhurbidia à IBARRE (64)

Il faut donc prendre une décision si nous voulons pouvoir répondre aux questions que se posent notre entourage. Ainsi que les lectrices et lecteurs puisque j'ai décidé de rendre compte de cette recherche qui s'apparente aux recherches que demandent les notaires auprès de cabinets spécialisés en recherches sucéssorales.

Ertorainia à coté d'Iturbidia, maisons où ont résidé la famille, et encore aujourd'hui, à Ibarre, commune de Saint Just Ibarre.

Françoise, Solange, Patricia, Michel et Émile, les cousines et cousins, nous décidons de passer à l'action et partir à la recherche des informations. Elles couvrent les années 1883 à 1952 au moins et voir plus...

La décision étant prise il faut passer à l'action et avant de partir en Espagne enquêter sur les traces de la famille, nous commençons en France, d'abord dans la famille et « sa mémoire », une des ancêtres en vie, puis dans les mairies des membres de la famille, aux Archives Départementales de Pau et Bayonne: de vrais Universitaires en recherche généalogique, sociologique, économique et familiale.

Apolonia et Pedro au Pays Basque

Ces recherches familiales doivent nous permettre de mettre au clair toutes nos questions !
Enfin c'est notre espoir...

En même temps que l'on essaye de retrouver le passé historique, économique, sociologique de l'époque, (1850-1952.... à nos jours), en Espagne et en France, il faut faire des recherches en rédigeant divers courriers en direction des services d'État Civil des communes de naissance en Espagne, avec la traduction en « Castellano ».

Recherches également, sur les sites internet du Gouvernement espagnol qui nous guide dans les investigations. Les régions ayant chacunes leur mode opératoire.

Après quelques jours, **« les bouteilles à la mer »,** car c'est ainsi que j'ai baptisé l'opération envoie de mails sur internet et de courriers postaux, apportent leur premier résultat sous la forme de la poste Française, avec une réponse du « **JUZGADO DE PAZ – Trabazos (Zamora):** Il transmet « **un document de naissance** » où est inscrit en marge « **l'inscription de décès** » de **Pedro DEL CAMPO/ CHIMENO.**

Pour des débutants de ce genre de recherches, l'enthousiasme est à nos portes !!!
Ils ont trouvé dans l'Etat Civil espagnol le grand père à Trabazos, Provincia de ZAMORA Castille y Léon.

Mais qui donc a transmis à Trabazos, en Espagne, à l'État Civil, le lieu et la date de décès de grand-père, décédé à Ibarre?

Réponse de la cousine Françoise, **« l'inspecteur VITOS le bas indémaillable »** après enquête de sa part, bien sûr : « le Consulat d'Espagne à Bayonne, Pépé ayant la nationalité espagnole qu'il a toujours voulu garder ». C'est une grande avancée dans nos recherches.

Les plus jeunes découvriront les aventures de « l'Inspecteur VITOS » dans les œuvres littéraires de Michel PICOULY, qui fut dans le 93, au lycée de Villemomble, un excellent professeur de français, et je sais de quoi je parle !!!

Les ancêtres étant enterrés à Saint Just Ibarre (64) Basses Pyrénées, aujourd'hui Pyrénées Atlantiques, en France, nous demandons à la mairie de cette commune des extraits d'État Civil des grands parents.

Alors là ! Surprise! Le secrétariat de mairie nous coupe le « souffle d'enthousiasme »!!!

« Del campo Pedro, né le 29 juin1883 à « MAZORCA (Espagne), fils de Firmin Del Campo et Maria ETCHEBEST ».

Le grand père a une double vie !

Il a des parents différents…sa filiation est très bizarre et ne correspond en rien de ce que nous connaissons.

Apolonia et Pedro au Pays Basque

Bien au contraire: un très grand trouble s'installe dans nos esprits !

Que se passe-t-il donc ? Nous sommes en face d'une homonymie ?

Deux personnes nées le même jour, la même année, d'origine espagnole, dans deux communes différentes (MAZORCA - TRABAZOS), dont une qui n'existe pas (Mazorca), en basque cela signifie « l'épi de Maïs », et en espagnol mazorca se traduit en français par « Torchis ».

Ce pourrait être Majorca, peut-être, mais c'est une Île...!!!

Ou peut-être « Mayalde » dans la province de Zamora, mais la filiation du Del Campo Pedro de cet endroit a comme conjoint Isabel GARCIA dans nos recherches sur le site d'État Civil espagnol et rien à voir avec la famille CHIMENO.

Ainsi la filiation n'est pas la même que celle de grand père à Trabazos, et encore moins, avec le document de Saint Just Ibarre fourni par la mairie...

Quelle est donc la bonne filiation ? « L'inspecteur VITOS le bas indémaillable » est dubitatif et se prépare à enquêter sur un terrain qui s'annonce difficile.

Une chose est sure, l'État Civil en Espagne nous a fourni un document qui nous semble correct. Il date et est difficile à déchiffrer à cause de l'écriture à l'ancienne, la plume d'oie, non, la plume et l'encre avec les pleins et les déliés, comme avant le stylo et les ordinateurs.

Il donne **Trabazos** comme ville de naissance de grand père, dans la province de Zamora, Castille y Léon, mais sa filiation est tout autre : Il est **fils de Martin Del Campo né à Calabor et de Geronima Chimeno, également née à Calabor, Province de Zamora, en Espagne.**

La « **Certification de partida de bautismo** » de **Jesusa DEL CAMPO y GONI, leur fille,** mère de Émile et Daniel Collado-Del campo, et tante de Françoise et Michel et toute la Fratrie d'Antonio Del Campo, faite le 19 avril 1966 à Eugui, en Navarre, donne comme parents du grand père :
Filiation paternelle, **Pedro DEL CAMPO, fils de Martin Del Campo de Calabor, et de Geronima Chimeno de Calabor.**

Filiation maternelle **de la grand-mère : Apolonia GONI, fille de Lorenzo Goni de Agorreta, et Francisca-Antonia Egozcue, de Eugui, avec des « padrinos » José Zalba résident de Iragui, et Magdalena Noain natural de Huarte et résidente de Iragui, en Navarre.**

A cela s'ajoutent des nouvelles informations que nous avons trouvées dans les archives départementales à

Apolonia et Pedro au Pays Basque

Pau et qui nous indiquent les dates de naissance des arrières grands parents, à savoir le père et la mère de Apolonia DEL CAMPO-GONI.

Son père **Lorenzo GONI est né le 20 avril 1867 à Agorreta**, province de Pamplona-Navarre, et la mère **Francisca Antonia EGUZCUE est née le 18Juin 1869 à Eugui**, province de Pamplona-Navarre.

C'est, à notre connaissance, le plus ancien document qui donne l'État Civil des grands parents **DEL CAMPO - GONI.**

En attendant, nous restons sur **Trabazos**, commune de naissance en Espagne du grand père **Pedro DEL CAMPO-CHIMENO**.

Nous attendons le courrier de la commune de Eugui avec l'État Civil de grand-mère Apolonia **GONI-EGUZCUE**.

******/////**********

Apolonia et Pedro au Pays Basque

23 octobre 2019: le facteur vient de passer dans sa Renault Jaune de feu « service public » de La Poste. C'est maintenant une entreprise privée qui rapporte de l'argent, et même une banque !

Il transmet une lettre de « AYUNTAMIENTO DE ESTERIBAR – ESTERIBARKO UDALA », qui arrive après vingt jours de promenade, car la préposée à l'envoi du courrier a écrit 82110 en lieu et place de 32110 comme numéro de département.

La lettre a donc voyagé dans les départements, mais est bien arrivée.

La lettre délivrée par la poste avec un courrier d'accompagnement : **« lo que comunico para los efectos oportunos »**. (« ce que je communique à des fins appropriées »).

Ainsi, nous apprenons par cette responsable du Registre Civil d'Esteribar en Navarre, que rien n'est inscrit sur le mariage de Mémé Apolonia, ni à Eugui, ni à Pampelune.

Encore moins en marge de son certificat de naissance, où par contre, est retranscrite la date de son décès à Bayonne, transmise par le Consulat d'Espagne à Bayonne.

Grand-mère avait donc gardé sa Nationalité Basque Espagnole de Navarre.

Voilà une réponse de plus à nos questions de début d'enquête sur les grands parents.

Est-ce un nouveau secret de famille ? Françoise ne sait pas que penser !!!

Le « Vatican » est-il informé ? Qu'en pense-t 'il ?

Pourquoi n'arrive-t-on pas à avoir de réponse sur leur mariage de l'« Obispo » de Pampelune, puisque nous avons comme information la date de leur mariage le 04 septembre 1911 à la Cathédrale ?
Après vérifications des sources, c'est un document hautement important : Un papier écrit manuellement par la tante Marie, aujourd'hui décédée, détenu par Michel.

C'est une nouvelle énigme qui se pose à nous ! Courage! nous allons trouver…

Grand père PEDRO, une double vie !
Quelle aventure….

L'Enquête continue…

Suivant les recommandations de la Secrétaire de Mairie de la commune de Saint Just Ibarre, Madame Odette LECOEUR, nous avons pris rendez-vous aux Archives

Départementales à Pau, où nous devons consulter le dossier des « demandes de titre de séjour des étrangers », de 1850 à 1960.

« Ce sont des documents de Préfecture très intéressants avec des photos du demandeur, des informations sur la famille, des cartes de séjour périmées et parfois des attestations d'employeurs ou des courriers manuscrits du demandeur » nous a-t-elle écrit dans son émail, en même temps qu'elle nous a envoyé les extraits d'État Civil de tous les frères et sœurs, enfants de Pépé et Mémé d'Ertorainia, qui sont né(e)s à Ibarre et vivants, et de ceux qui sont décédés.

Les autres fiches d'État Civil de ceux et celles qui sont né(e)s en Espagne en Navarre, à nous de faire les démarches vers leurs lieux de naissance.

C'est ce qui est prévu au programme des investigations.

Nous voici donc en ce mois de septembre 2019, aux Archives Départementale de Pau.

Nous accomplissons les formalités d'inscriptions Pour pouvoir accéder aux archives : photos, bulletin à remplir, recommandations d'usage, bref ! La totale...de vrais « chercheurs universitaires ».

Nous avons chacun notre carte d'accès à Pau et Bayonne.

Madame Caroline DELEU, qui nous accueille, est très didactique, et nous conseille de façon méthodique. Elle nous indique la façon d'avancer dans ce labyrinthe, aussi efficacement que possible.
Elle nous donne la teneur des documents que nous sommes susceptibles de consulter, et elle fait la répartition des tâches.

Françoise tel dossier à consulter ; Solange tel dossier ; Émile tel dossier. Au travail !

Elle nous installe dans la salle de consultation : crayon de bois, gomme, feuille de papier ou bloc note, appareil photo, à la table 24 : « Je suis à votre disposition, si nécessaire » dit -elle !
Son collègue fournit les documents à consulter avec le bordereau nominatif à signer. Il faut bien savoir qui « voit des documents ou les a consultés, ou en vole ! ».

Nous voilà partis dans nos recherches, dans des documents que nous sortons des boites, de gros livres où nous devons rechercher les ancêtres étrangers, c'est ainsi qu'ils appellent nos ancêtres, lire des fiches, les éplucher, des dossiers à consulter avec plein de documents.

Ainsi débute la matinée de recherche aux « Archives Départementale de Pau », lesquelles sont concernées par les archives du Canton de Iholdy dont dépend la commune de Saint Just Ibarre au Pays Basque, autrement il faut aller à Bayonne.

On ne mélange pas les Basques et les Béarnais, mais Ibarre c'est à Pau! Elle n'est pas belle l'administration Française?

Mais, suivant le type de recherche et la cote recherchée : par exemple l'hôpital ou bien la justice, les dossiers sont à consulter sur place, soit à Pau, soit à Bayonne, comme nous le rappelle Madame Caroline DELEU.

Les événements se précipitent quand Émile retrouve le dossier de **« l'espagnol Antonio Del Campo »** fort documenté par la **Gendarmerie de Larceveau**.

C'est très troublant de se trouver en face d'un dossier de la vie d'une personne proche.

Elle a été si bien accueillie par la France cette personne étrangère, avec « photo, empreintes digitales, fiche signalétique, et procès-verbaux de gendarmerie »: Heureusement il est beau sur la photo.!!!

« Très très beau », dit Françoise qui n'en revient pas. C'est Papa à 17 ans!

Nous vivons un grand moment, riche, intense, et plein d'émotion.

Vite, il faut prévenir Maman !

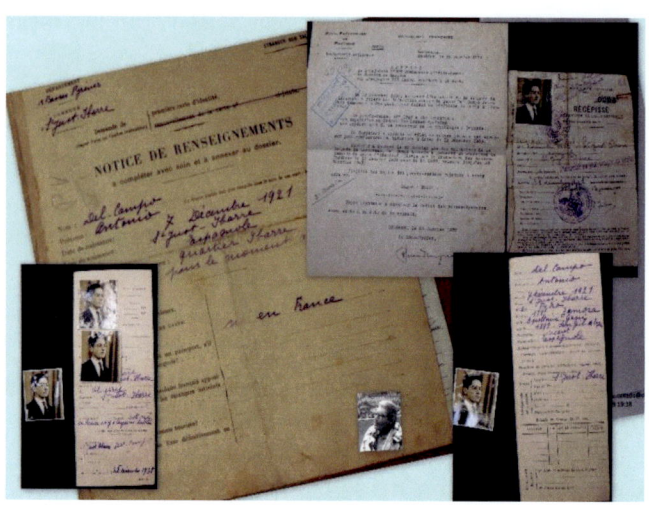

Le smartphone chauffe immédiatement ...

Alors là, c'est la surprise, l'État Civil indiqué sur les fiches de gendarmerie ne correspond pas avec ce que la secrétaire de Saint Just Ibarre, nous a envoyé Pour Tonton Jean-Baptiste et Tonton Daniel Del campo.
Pour Antonio Del Campo, le père est Pedro Del Campo, né à TRABAZOS en Espagne, et la mère est Apolonia Goni, née à Eugui, Espagne.

Nous voilà bien!   Sommes-nous en face d'une falsification d'identité?

Par des Gendarmes, ce n'est pas possible!

Apolonia et Pedro au Pays Basque

Dossier des étrangers de Apolonia GONI aux archives Départementales de Pau

Il y a un problème à l'État Civil de la Mairie de la commune de Saint Just Ibarre (64): Qui a donné une autre filiation à Jean-Baptiste et Daniel Del Campo?

Leur filiation est différente de celle indiquée dans les fiches de gendarmerie/police aux Archives Départementales que nous avons vues.
Affaire à suivre...

En attendant, Pour finir la matinée, Émile qui reclasse le dossier de la lettre « **D** », qu'il doit consulter, retrouve **Apolonia GONI épouse de Del Campo Pedro**.

Vient ensuite **Rosalie Del campo**, née à Eugui Estéribar, province de Navarre Pamplona, fille de Pedro Del Campo et Apolonia Goni-Egozcué.

Le dossier de Rosalie Del Campo établi par la gendarmerie en juin 1941 fait état de Louise, enfant de moins de 15 ans de Rosalie. Elle est née le 14 janvier 1937 à Bayonne.

Oups ! c'est quoi ? une cousine !

Personne ne nous avait parlé d'elle.

Quoi ? Elle est plus vielle que moi qui écrit ce mémoire mémoriel familial.

Rosalie était donc fille mère depuis 1937, placée par décision de justice « Au bon pasteur » à Pau, jusqu'à sa majorité. (A l'époque 21 ans).

C'est ce que nous découvrons dans les archives des dossiers des « étrangers », concernant Tante Rosalie aux Archives Départementale à Pau.

Nous pouvons même reconstituer son cheminement puisque c'est écrit dans le dossier : **de 1921 à 1933 à Saint Just Ibarre (B-P), avec ses parents, puis de 1933 à 1936 a la commune de « Béguios » B-P, Canton de Saint Palais, arrondissement de Bayonne, de 1936 à 1937 à Bayonne, et du 04 février 1937 à ce jour (juin 1941) à Pau, à l'Etablissement du « Bon pasteur ».**

Elle est, au jour du remplissage de la fiche par les Gendarmes, au « Bon pasteur » à Pau, où elle fait sa demande de « carte d'identité d'étranger ».

Elle ira à Ibarre à sa majorité, avec 4 frères et 4 sœurs et sa fille, chez ses parents, écrivent les gendarmes dans le questionnaire qui accompagne la demande de carte d'identité.

Les féministes n'étaient pas à l'ordre du jour. Les Suffragettes naissaient et le vote des femmes en débat. Quand à la contraception, en cours de recherche et l'époque en pleine évolution.

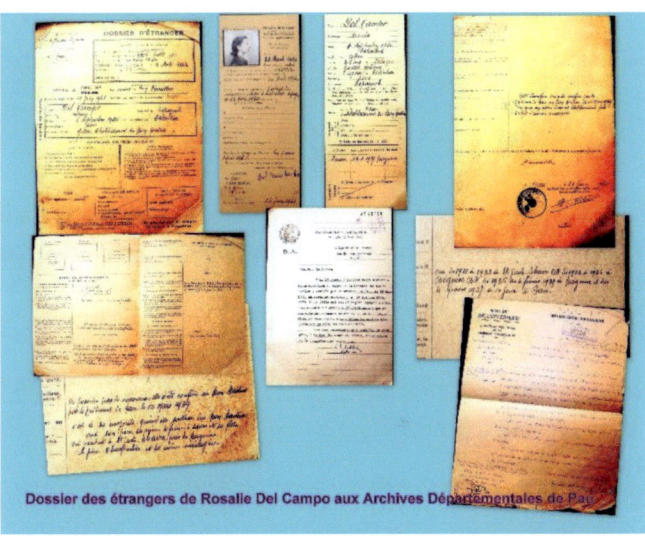

Dossier des étrangers de Rosalie Del Campo aux Archives Départementales de Pau

Puis la grande émotion, Maman **Gracieuse Del Campo**, née à Eugui Estéribar, Province de Navarre-Pamplona en Espagne, suivie de **Paco (François) Del Campo**, né à Eugui Estéribar, province de Navarre-Pamplona en Espagne,

Dossier de Gracieuse Del Campo aux Archives Départementales de Pau

Et Pour que la « coupe soit pleine » et le « travail fructueux », **(José) Del Campo**, né à Lantz, province de Navarre-Pamplona en Espagne.

Avec également l'oncle **Francisco Del Campo**, Pour nous et les cousines et cousins.
Il est le frère de Gracieuse,

jésusa Del Campo, notre mère à Daniel et Emile COLLADO – DEL CAMPO.

Apolonia et Pedro au Pays Basque

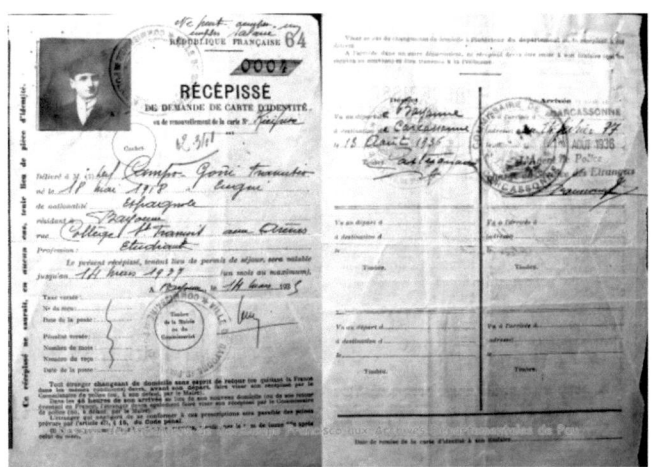

Pas de **Victoire Del Campo** dans le dossier **« D ».** Mais également pas de dossier de **Pedro Del Campo**, le grand-père Pour lequel nous avons lancé cette démarche de recherche aux Archives.

Tous ses renseignements nous les découvrons dans le dossier individuel de chacun, dans le dossier de la lettre **« D »**, avec les fiches de Gendarmerie et de Police concernant chacun des membres de la famille, normalement.

Mais ils manquent Grand-père Pedro et Tante Victoire, nés en Espagne.

Tout ceci à Pau dans les Archives Départementale, dans le dossier des « demandes de titre de séjour des étrangers », de 1850 à 1960, comme nous l'avait conseillé la secrétaire de mairie de Saint Just Ibarre (64). Ces fiches concernent les Étrangers contrôlés, à différentes étapes, de 1921 à 1945, dans les dossiers que nous avons consultés, et photographiés dans la mesure du possible, eu égard à l'éclairage, léger pour un photographe, le flash ne permettant pas de réussir les photos, et interdit afin de protéger les documents.

Tous des étrangers sans titre de séjour.

Il est intéressant de lire les Procès-Verbaux de Gendarmerie, Commissaires de Police, Maires de Commune, et nous sommes en mesure de constater **« les vies absolument dures et remplies de peur »**, qu'on put vivre nos ancêtres, arrivant de Navarre par **Arnéguy,** comme c'est indiqué sur un dossier de Amatchi, Apolonia Del Campo-Goni.

**********////********

Quelle chance ! Retrouver presque toute la famille, et ce avant 12H30, heure de fermeture ou il faut aller manger, avant le retour en salle de consultation, l'après-midi à 14H00, aux Archives Départementales de Pau. L'heure c'est l'heure pour le personnel!

Il faut absolument rentabiliser le temps passé dans la salle de consultation.
Nous sommes, Françoise, Solange et Émile, dans un état d'excitation de potache en recherche universitaire.

Apolonia et Pedro au Pays Basque

L'après-midi, la recherche se poursuit et nous découvrons Pour la première fois les « fichiers de recensements des juifs ».

Françoise et le fichier "Juif" paraphé par les gendarmes et la Feldgendarmerie Allemande

Ils ne les appellent pas ainsi dans l'administration française, mais les fiches que Françoise épluche, sont tamponnées par la police Française et Allemande.

C'est très impressionnant d'être confronté et de voir, et avoir, dans les mains, ce fichier aussi « lugubre et de mort », que nous consultons car il peut y avoir, par erreur, ou complaisance, des fiches d'étranger espagnol, par exemple, ou aussi bien de juif espagnol, de tzigane espagnol.

Mais comment se fait-il que nous ne trouvions pas Grand père et Tante Victoire?

Cela reste aujourd'hui, Pour nous, un mystère familial, comme administratif.

Solange, elle, visionne les fiches de recensement de 1946, sur le canton de Iholdy dont dépend la commune de Saint Just Ibarre au Pays Basque.

Si la famille a été recensée, il serait intéressant de voir les informations portées sur ces fiches.
Banco !!! la famille Del Campo à Ibarre sur la **« feuille de ménage »** comme elle est désignée.

Étrange document : le Chef de famille est Apolonia Del Campo, et seuls sont recensés, les membres de la

Apolonia et Pedro au Pays Basque

famille qui vivent à **« Ertorainia »**, à Ibarre. (Nom de la maison que certains traduisent par: « apparition » en français).

Nous pouvons remarquer que seul Antonio a une profession.
A cette époque, **début de 1946,** date du recensement à Saint Just Ibarre (64),
- Victoire à 34 ans et elle n'est plus à la maison, mais mariée avec Louis Changart de Bunus (64),
- Gracieuse à 29 ans, elle sort des camps de concentration d'Allemagne et est en transit par le Danemark et la Suède avant d'arriver au sanatorium de Bagnères de Luchon (31),
- Paco à 28 ans et est au couvent des Capucins à Bayonne (64),
- Marie à 23 ans, nous ne savons pas où elle est placée à Biarritz (64),
- Marie Thérèse à 20 ans et est au couvent.

Seuls grand-mère Apolonia qui a 53 ans, Rosalie 26 ans, Antoine 25 ans, Jean-Baptiste 14 ans et Daniel qui a 9 ans, apparaissent dans le recensement à Ibarre en 1946.

Pedro Del Campo a 63 ans n'apparaît pas au recensement. Où est-il ? Que fait-il ?

L'enquête se poursuit…

La famille semble être dans une situation pas florissante du tout.
Les revenus de la famille doivent être très bas, si le seul emploi est détenu par Antonio, à la vue de la feuille du recensement de 1946.

Les Basses-Pyrénées, aujourd'hui Pyrénées Atlantiques, sont confrontés à la violence de la guerre dès juillet 1936, avec le début de la Guerre civile en Espagne.

Mais l'Espagne de grand père a déjà été en effervescence, bien avant 1936.

Entre autres la dictature de Primo de Rivera est le régime politique que connut l'Espagne depuis le coup d'État du **capitaine général de Catalogne, Miguel Primo de Rivera**, le 13 septembre 1923, jusqu'à la démission de ce dernier le 28 janvier 1930 et son remplacement par la dénommée « Dictablanda » du général Dámaso Berenguer.

C'est une mode internationale de l'époque, en particulier en Europe.

L'accession au pouvoir de **Primo de Rivera** en Espagne n'a rien d'un phénomène exceptionnel dans l'Europe de l'entre-deux-guerres: Pais et Gomes au Portugal (1917 et 1926), Pangalos en Grèce (1926), Averescu en Roumanie (1920) ou Pilsudski en Pologne (1926) entre autres.
Inspiré par l'exemple **de Mussolini**, dont l'arrivée au pouvoir remonte à moins d'un an, Primo de Rivera

Apolonia et Pedro au Pays Basque

suspend la Constitution, dissout l'assemblée des Cortès et instaure la censure.

Cette dictature dite « blanda » (« douce ») s'avère d'abord bénéfique, pour certains observateurs, qui ne précise pas les bénéficiaires. Sont-ils concernés ?

Le territoire étant un point d'ancrage de l'identité individuelle et nationale, nous verrons dans le travail qui suit, si hors territoire, il peut y avoir préservation de l'identité, individuelle, collective, nationale, débouchant sur une dé-territorialisation, au sens défini par Gilles Deleuze, et qui donne un petit côté scientifique universitaire à notre travail de recherche sur le grand père, et donne des racines aux héritiers de cette vie familiale, qui vaut bien celle de riches personnages qu'étudie la chercheuse qui va suivre, et qui nous inspire Pour ces recherches que nous menons.

Sans oublier, bien sûr, le travail de Carlos SERRANO, dans son super ouvrage de la « Bibliothèque de la Casa Velázquez », « Le tour du Peuple - Crise nationale, mouvements populaires et populisme en Espagne (1890-1910) », édité à Madrid en 1987, qui traite de l'intérieur de l'Espagne et ses régions, et éclaire bien les béotiens que nous sommes, sur les mutations qui secouent le pays durant cette période.

Ainsi, en nous mettant dans les pas de la chercheuses Elvire Diaz, notre objet d'étude portera sur le cas d'une micro-société hors territoire, les élites intellectuelles espagnoles exilées en France sous la dictature du Général Miguel Primo de Rivera (1923-1930).

N'oublions pas que Grand père et toute sa famille ont quitté la Navarre espagnole **en 1921**, sous la **« Renaissance »** en Espagne, période qui est à l'origine de l'agitation qui existe dans tout le territoire, et qui n'est pas simple comme l'explique bien Carlos SERRANO cité plus haut, pour aller s'installer en Navarre, toujours, mais coté France.

Il nous faut connaître cette période pour essayer de comprendre ce qu'il se passe en Espagne, dans les régions, pour imaginer, faute de savoir, ce qui a pu inciter la famille à quitter la Navarre Espagnole pour s'installer dans la Navarre Française.
Avec ce résumer succint nous essayons de voir plus clair dans les événements avec l'ouvrage de:
1 **J. L. Guereña**, Armée, société et politique dans l'Espagne contemporaine, Nantes, Editions du Temps, (...) 2 J. L. Guereña, op .cit. , p. 151.

2 - **Le général Miguel Primo de Rivera (1870-1930), Capitaine Général de Catalogne depuis 1922, fait un coup d'Etat le 13 septembre 1923, reconnu par le roi Alphonse XIII (1886-1941 qui était le père de juan CARLOS 1er, et grand père de FELIPE VI, le Roi d'Espagne actuel après l'abdication de son père le 19 juin 2014.**
C'est le retour de la famille royale des Bourbons en Espagne.

Il lance un Manifeste (1) le 13 septembre dans lequel il énumère les causes de la décadence espagnole et cite les responsables, accusant nommément le ministre libéral, Santiago Alba.
Sa dictature va durer 6 ans et 4 mois (1923-1930), prenant la forme d'abord d'un Directoire militaire puis civil.
Il se retire le 30 janvier 1930 et meurt peu après, en mars, à Paris.

Primo de Rivera suspendit les garanties constitutionnelles qui avaient été proclamées par la Monarchie le 30 juin 1876, édicta des décrets de censure de la presse, alors que lui-même se mettait à publier des articles, des notes, dans La Nación, organe officiel du parti Unión Patriótica qu'il venait de créer en 1924.

Il s'opposa au régionalisme catalan et à l'émergence du Parti communiste (créé en 1920), ferma « l'Ateneo », haut lieu du libéralisme, suite à un manifeste de cent soixante-dix intellectuels publiés en mai 1926 (2). 2 J. L. Guereña, op .cit.

Durant la dictature, le pays connut plusieurs tentatives de soulèvement (la sanjuanada du 26 juin 1926 à Valence, en janvier 1929 le soulèvement républicain de García, et Galán à Jaca en décembre 1930) qui débouchèrent sur l'avènement de la Seconde République en avril 1931.

3 - Primo de Rivera fut rapidement caricaturé et critiqué au théâtre, dans la presse et la littérature, Pour sa vie dissolue, son goût Pour la boisson, ses excès et ses velléités journalistiques.

On peut renvoyer à la pièce La hija del capitán (sur la vie dissolue d'un général fantoche) de 1927 de Valle Inclán et à son roman Tirano Banderas de 1926 (qui lança le type littéraire du dictateur en Amérique latine), à la revue humoristique Gutiérrez (1927-1934) qui publia, sous couvert de jeux, des hymnes satiriques à partir de calembours sur le nom de Primo : « En la ribera hay un primo [un imbécile]… » (n° de juin-juillet 1927), puis après la dictature, un feuilleton parodique sur le régime intitulé « Los siete años de Ecija » du journaliste Menda, publié entre octobre 1930 et mai 1931 (n° 177-182) et des caricatures célébrant la fin de la censure préalable, baptisée doña Anastasia.

La colonie espagnole en France

4 - Dans les années 20, on dénombrait environ 350000 Espagnols en France.

Parmi les vagues successives d'émigration du XXe, celle résultant du coup d'état du général Miguel Primo de Rivera et de sa dictature est moins connue car elle concerna une minorité numérique, une élite sociale et politique plus facile à suivre que les pauvres.

Elle toucha des hommes politiques : Santiago Alba, ministre libéral d'Alphonse XIII, José Sánchez Guerra et l'ancien sénateur José Manteca, des écrivains comme Miguel de Unamuno, Vicente Blasco Ibáñez, des journalistes comme Eduardo Ortega y Gasset (frère du philosophe José Ortega) ou encore Carlos Esplá, enfin des militaires, comme le général Eduardo López Ochoa.

L'élite sociale et politique ne sont pas 350000 émigrants, mais un nombre conséquent qui montre bien une instabilité certaine du pays, au point de voir une population quitter le pays.

3 M.-C. Chanfreau, in « Espagnols en territoire français de 1813 à 1971 », Cahiers du Mimmoc, N°1, fé (...) Editorial Vulcano, Madrid, 1930, 315 pages.

5 - Depuis leur lieu d'exil, les Espagnols s'intéressent activement à l'actualité de leur pays.

Par exemple, en 1927, ils militent Pour faire sortir de prison des militants libertaires clandestins comme Buenaventura Durruti, Francisco Ascaso et Jover, ou Pour défendre Francesc Maciá (1859-1933), fondateur en 1922 du parti séparatiste radical Estat Catalá, accusé en France d'y avoir ourdi un putsch contre la dictature (3).

6 - Nous nous appuierons sur des ouvrages des années 20-30, de témoins et acteurs de cet exil, notamment le livre du journaliste, éditeur, Artemio Precioso Ugarte (1891-1945), Españoles en el destierro.

La vida en Francia de Santiago Alba, Blasco Ibáñez, Sánchez Guerra, Unamuno, E. Ortega y Gasset, Carlos Espla, López Ochoa, Manteca (1930) 4, qui contient des portraits, des biographies, des souvenirs et de la correspondance entre Precioso et les exilés, et tout leur entourage. Ibañez y Sánchez Guerra en París (Buenos

Aires, 1940) et d'autres livres qui généralement sont des pamphlets contre la Dictature et décrivent les démêlés des opposants comme ceux de Eduardo Ortega y Gasset, La verdad de la dictadura (1925), de Santiago Alba, La dictature (Préface de Francesco Nitti, Librairie Valois, 1930) et du Général Eduardo López Ochoa, De la dictadura a la república (1930).

7 - Ces personnalités d'origines politiques différentes sont réunies Pour leur opposition à la dictature : leur identité idéologique, militante, leur rôle dans l'arrivée de la Seconde République (avril 1931).

L'étude des exilés, de leur entourage et de leurs visiteurs, permet de définir les traits d'une identité espagnole en relation à un territoire (l'Espagne mais aussi la France), de voir s'il y a dé-territorialisation, d'étudier les différences avec leurs compatriotes et avec les Français.

Comment s'exprime leur identité espagnole, leur identité personnelle ? le rapport au territoire ? leur vision de la France ?

5 Voir l'ouvrage qui vient de lui être consacré : La Novela de hoy, la Novela de noche y el folletín (...)

8 - La colonie espagnole compte plusieurs journalistes dont Artemio Precioso Ugarte (5), correspondant de presse à Paris.

Precioso qui fait plusieurs séjours entre 1923 et 30 et s'installe en France en 1929. Après des études juridiques, devenu auteur de nouvelles, de romans et éditeur, il fonde Editorial Atlántida et dirige des revues hebdomadaires, La novela de hoy (1922), Muchas Gracias (1924), La Novela de noche (1924).

Il édite certaines des personnalités dont il retrace l'exil dans son livre, comme les romanciers Blasco Ibañez, Rafael Sánchez Guerra (fils de José Sánchez Guerra).

A Paris, suivi par la police française à la demande de l'Ambassadeur d'Espagne à Paris, Quiñones de León, il est pris Pour un conspirateur qui aide Sánchez Guerra.

9 - Precioso est un témoin. Il a côtoyé ces personnalités, dont il est un enthousiaste admirateur. Dans l'introduction de son livre, Precioso montre toute sa subjectivité tout en définissant les objectifs de son ouvrage. Il l'a structuré en huit chapitres, chacun consacré à une personnalité dont il propose le portrait, des souvenirs, des aspects biographiques, des fragments de dialogues, de lettres ou de discours.

L'ouvrage qui nous introduit dans la micro-histoire présente un aspect vague, un peu général, et un certain déséquilibre entre les chapitres (de 6 pages à 100 pages, par exemple selon la personnalité présentée), Santiago Alba (100 pages) et Sánchez Guerra (96 pages), se taillant la part du lion, suivis de Blasco Ibáñez (50 pages).

10 - Eduardo Ortega y Gasset (1882-1955) dirige quant à lui, depuis Bayonne, la publication clandestine Hojas libres, qu'Artemio Precioso qualifie de « forteresse d'où l'on tire à boulets sur la Dictature » (283). Il est également l'auteur de La verdad de la dictadura (Paris, Juan Durán, 1925) et du prologue du livre du général Eduardo López Ochoa, De la dictadura a la república (1930).

Il travaille avec Unamuno à Hendaye où il compte s'installer mais doit partir, expulsé et sommé de s'installer au nord de la Loire, à la demande de l'ambassadeur, Quiñones de León.

Il traverse la France, avec une banderole collée sur sa voiture qui dénonce l'obligation qui lui est faite de quitter le Pays Basque français.

11 - Le jeune journaliste, Carlos Esplá Rizo (1895-1971), en exil à Mexico depuis 1939, qui deviendra homme politique sous la république, dirige des journaux anti-primoriveristes. Secrétaire du romancier Blasco Ibáñez et ami de son fils, il participe à la tentative de soulèvement de Valence contre la dictature avec Sánchez Guerra, puis rentre à Paris.

Quiñones de León veut l'expulser mais le Parlement s'y oppose, suite à l'intervention de l'Association de la presse. Signalons qu'Esplá est l'auteur du volume Unamuno, Blasco Ibáñez y Sánchez Guerra en París (Buenos Aires, 1940, réédité en 2002).

12 - Outre des journalistes, la colonie espagnole compte des politiques (ministres, députés ou sénateurs) et des militaires.

Le ministre décrié par Primo de Rivera, Santiago Alba (1872-1949), s'exila à 51 ans. Avocat et plusieurs fois ministre libéral avant la dictature, anticlérical et régénérationnistes, il s'intéresse à l'identité espagnole. On lui doit la traduction en 1904 d'En quoi consiste la supériorité des anglo-saxons ? du sociologue Edmond Demolins (1900) et il est l'auteur de L'Espagne et la dictature. Bilan. Prévisions (Paris, 1930).

Alba est accusé par Primo de corruption : celui-ci lui fait un procès et fait saisir ses biens, le citant nommément dans le Manifeste du 13 septembre 1923.

Installé à l'hôtel Claridge à Paris pendant six ans, Alba critique depuis la France la « decadencia » espagnole. Il reste informé de la situation dans son pays, attend sa réhabilitation et se prépare à défendre sa cause et à rentrer en Espagne, même s'il reconnaît se trouver très bien en France où il exerce son métier d'avocat.

13 - Le ministre José Sánchez Guerra (1859-1935) s'exile en 1926 à l'âge de 67 ans à Paris où il vécut au Cayre's Hôtel. Lui aussi, plusieurs fois ministre (de la Guerre, de l'Intérieur), il avait présidé le gouvernement de novembre à décembre 1922. Chef du parti conservateur, il est un ardent défenseur du Pouvoir civil, de la monarchie parlementaire et de la constitution de 1876.

Il s'opposa à Primo de Rivera suite à la proposition de ce dernier de créer une Assemblée consultative unique qui selon Sánchez Guerra mettrait fin aux Cortes et à la monarchie constitutionnelle (la loi fut votée en septembre 1927).

Après une lettre au roi lui demandant de ne pas accepter cette institution, il s'expatrie volontairement en 1926. Il fut rappelé par Primo en 1930 mais il était trop tard Pour sauver la monarchie.

14 - Il décide de s'expatrier volontairement, par devoir. Sánchez Guerra reste presque un an à Paris, à l'hôtel (de septembre 26- à septembre 27). Il donne deux articles mensuels à ABC sur sa vie parisienne. Il rencontre des personnalités politiques opposées comme Blasco Ibañez, le grand romancier naturaliste, républicain, Angel Pestaña dirigeant de la CNT ou Juan Pujol, futur directeur de la presse de Franco.

A la mort de Blasco, il se rend à l'hommage organisé par Le Journal, et en 1929 retourne à Menton Pour, officiellement, commémorer le premier anniversaire de la mort de Blasco.

En réalité, il rejoint Valence d'où il lance un mouvement antidictatorial en janvier 1929 qui échoue. Il est arrêté, mais il est relaxé par un tribunal militaire.

15 - En juillet 1926, le sénateur José Manteca, avocat de formation et homme d'affaires, de tendance albiste, qui a participé à la sanjuanada (24/6/26), passe clandestinement en France où il partage l'exil de Sánchez Guerra et d'Alba à Paris.

16 - Un militaire, le général Eduardo López Ochoa (1877-1936), qui aida Primo de Rivera à instaurer la dictature puis s'y opposa, est arrêté le 12 septembre 1928, puis parvient à rejoindre Bruxelles.

Son livre sur ses démêlés avec la dictature (De la dictadura a la república, prologue d'Ed. Ortega y Gasset, Madrid, 1930) est une mine d'informations.

17 - Deux écrivains, intellectuels célèbres, font partie de ces exilés : le romancier naturaliste, Vicente Blasco Ibáñez et le philosophe Miguel de Unamuno.

18 - Depuis 1922, Blasco Ibáñez (1867-1928) vit en France, à Menton. Ce républicain virulent est député et romancier prolifique.

Très riche, il est connu Pour l'adaptation au cinéma de son roman Les quatre cavaliers de l'Apocalypse (1922). Blasco Ibáñez est publié dans la Novela de hoy d'Artemio Precioso, qui devient son représentant, se charge de la promotion de ses livres et de ses intérêts politiques et financiers, Blasco ne pouvant avoir de biens en Espagne (il utilise le compte de son épouse).

Apolonia et Pedro au Pays Basque

19 - Hostile à Mussolini, il déplore le petit nombre d'exilés espagnols opposés à Primo de Rivera, comparé à la quantité d'Italiens antifascistes en exil.

Il rédige un manifeste contre le roi : Alphonse XIII démasqué : la terreur militariste en Espagne (Paris, Flammarion, 1924). Blasco Ibáñez devait être à la tête d'un mouvement républicain antidictatorial mais il meurt en 1928.

C'est avec le prétexte de célébrer en 1929 à Menton le premier anniversaire de sa mort que le soulèvement de Valence est lancé.

6 Precioso, op.cit.

20 - Blasco Ibáñez estime servir l'Espagne en étant écrivain : « fuera de España no hay política ; todos somos españoles » (212). Il met en avant les apports de l'étranger (213) tout en critiquant son pays (212-215). Il est fier des écrivains et de la production littéraire espagnole, dont la part, rapportée à la population de 22 millions, lui paraît élevée.

Quelques jours avant sa mort, Blasco passe deux mois à Paris au Claridge où il reçoit le journaliste Carlos Esplá, le jeune professeur républicain, Luis Jiménez de Asúa, García Prieto, le Marquis d'Alhucemas et l'écrivain français Henri Duvernois.

Il participa également à une réception en présence d'Edouard Herriot.

21 - L'écrivain et professeur Miguel de Unamuno (1864-1936), est d'abord destitué et banni aux Canaries (à Fuerteventura), d'où il s'évade Pour aller à Paris, puis préfère s'installer pendant presque cinq ans à Hendaye, à l'hôtel (de M. Broca), avec des voyages à Paris.

Il y donne des conférences, par exemple au Club du Faubourg où, maniant ses éternels paradoxes, il affirme qu'il n'est pas républicain et que tout gouvernement est acceptable sauf si les personnes à sa tête sont stupides. Il fréquente le café « des Espagnols », recréant ses coutumières « tertulias » (discussions) à La Rotonde. Il reste peu de temps à Paris, préférant « sa terre », le Pays Basque, français dans ce cas.

Il a écrit peu pendant son exil, vivant des revenus des traductions de ses ouvrages, car il ne veut pas publier dans des revues en Espagne.

Artemio Precioso qui voulut publier dans Estampa des chroniques sur les exilés dut, Pour cause de censure, taire la situation d'Unamuno et de Sánchez Guerra.

Opposant vigoureux de Primo de Rivera, Unamuno réussit à séjourner à Hendaye, malgré la volonté du dictateur de l'éloigner de la frontière espagnole, grâce aux autorités françaises qui, Pour éviter une mauvaise publicité, n'accédèrent pas à la demande espagnole.

Identité / Territoire

22 - Il ressort de la lecture des ouvrages cités dans notre corpus que le choix de la France est significatif.

De toute évidence, ce choix répond à un souci de proximité géographique qui signifie situation provisoire. C'est également un choix historique. Ces exilés recherchent un territoire qui correspond à leurs aspirations démocratiques.

En outre, ils choisissent généralement de résider à Paris, où leur identité professionnelle et sociale peut s'exprimer.

Paris, est un lieu de passage obligé, décrit comme un centre culturel incontournable : « Paris gagne notre esprit peu à peu et finit par nous conquérir complètement » (101-102).

23 - Même, le « vieux » Sánchez Guerra, âgé de 67 ans, « mène une vie de jeune journaliste à Paris ». Dans ses articles, il découvre la capitale avec un enthousiasme de néophyte et divague sur des thèmes littéraires ». Il publie à cet effet des chroniques parisiennes dans ABC (111-112). Seuls Blasco Ibáñez et Unamuno, répondant à leur identité régionale, choisissent un lieu similaire à leur pays d'origine : le Pays Basque (même français !), Pour Unamuno et Menton et Nice au climat proche de celui de Valence, Pour Blasco qui conseille à ses amis de s'installer à Nice « succursale de París » (199).

24 - Le deuxième point que l'on remarque est le fait que les exilés s'installent à l'hôtel. Ce « non territoire », cet espace non marqué, qui répond à des critères pragmatiques, traduit une situation provisoire et l'espoir d'un retour assez rapide.

On pourrait en déduire que ces personnalités transportent avec elles leur identité, en dé-territorialisation, c'est-à-dire sans besoin de s'installer.

7 « fuera de España no hay política, todos somos españoles ».

25 - Ils forment une colonie solidaire, qui se mélange, et sont réunis par leur opposition à Primo de Rivera, comme le dit Blasco: « hors d'Espagne, il n'y pas de politique, nous sommes tous espagnols »7 (212).

26 - Ainsi, Sánchez Guerra, monarchiste, chef du Parti conservateur et ancien chef du gouvernement de Primo de Rivera, rencontre le républicain Blasco, le chef de la

gauche libérale Santiago Alba, Angel Pestaña dirigeant de la CNT.
Ceux qui jadis passaient Pour des ennemis irréconciliables se retrouvent ensemble contre le dictateur (128-129).
8 « es vergonzoso lo que ocurre. ¿Cuántos desterrados de nota hay en París? Se pueden contar con los (...)
27 - Mais Blasco compare la colonie espagnole antidictatoriale à celle des Italiens anti-mussoliniens : « la situation est honteuse. Combien d'exilés célèbres y a-t-il à Paris? On peut les compter sur les doigts d'une main : Alba, Sánchez Guerra, Unamuno, Ortega..., moi. Savez-vous combien il y a d'exilés italiens en France? Des milliers, des milliers... Une légion de politiques, une autre de professeurs, une autre de journalistes, une autre d'écrivains, une autre de soldats... Là-bas, en Espagne, tout le monde supporte la situation et se résigne » (8) (249). Blasco critique l'Italie actuelle à cause de Mussolini: « la tiranía actual » (201-203).
28 - La vie quotidienne est marquée par les activités normales en adéquation avec le statut ou la profession, ce qui confirme l'idée d'une identité et d'une dé-territorialisation.
29 - Le « militantisme » s'exprime de multiples façons. Les exilés reçoivent beaucoup de visiteurs, généralement des républicains. Ils représentent l'autre Espagne et Pour les Espagnols de passage, leur rendre visite est présenté comme un devoir : « me trouvant à Paris, j'ai cru que c'était mon devoir d'Espagnol que de venir vous voir » (106).
30 - Ils donnent des conférences (c'est le cas d'Unamuno, de Juan Pujol à la Sorbonne, 133), se

retrouvent dans des cafés littéraires, comme La Rotonde, lieu de sociabilité de la colonie espagnole. Ils publient en France, en Espagne et à l'étranger, parfois clandestinement comme les Hojas libres d'Ortega y Gasset.

Leurs ouvrages sont critiques, comme ceux de Blasco Ibáñez, Alphonse XIII démasqué : la terreur militariste en Espagne (Paris, 1924), d'Eduardo Ortega y Gasset, La verdad de la dictadura (1925), Alba publie ses propres diatribes dans le journal de Buenos Aires La Nación et son essai La dictature (Préface de Francesco Nitti, Librairie Valois, 1930).

Le général Eduardo López Ochoa publie De la dictadura a la república (avec un prologue d'Ed. Ortega y Gasset, Madrid, 1930). Carlos Esplá livre un Unamuno, Blasco Ibañez y Sánchez Guerra en París (Buenos Aires, 1940). Leurs proches publient aussi, comme le fils de Sánchez Guerra, Rafael, qui publie El movimiento revolucionario de Valencia (1930).

(9) « yo creo llegado el momento de dirigir un manifiesto al país, un manifiesto del cual usted debese (...)*

31 - De fait, Sánchez Guerra, Esplá, Blasco préparent le renversement du régime. Blasco incite Sánchez Guerra à rédiger un manifeste: « je crois que le temps est venu d'adresser un manifeste au pays, un manifeste dont vous seriez le premier signataire et moi le dernier. Signeraient également Alba, Unamuno, Villanueva et les autres personnalités importantes [...] on réclamerait la convocation d'une assemblée constituante, par laquelle le pays se déclarerait en faveur de la république ou de la monarchie... » (9) (130). Mais le soulèvement,

préparé dans le secret, de Valence de janvier 29 échoue et Guerra est emprisonné (144-146).

(10) « Esto lo sabemos, mejor que los que no han salido de España, los que, mientras, hemos habitado en (...)

(11) « necesitaba el golpe de estado para salir purificado, para que su verdadera personalidad resplande (...)

32 - L'exil conforte leur identité politique et leur intérêt Pour la politique. Precioso signale que paradoxalement la Dictature a eu des aspects positifs, en permettant la prise de conscience de l'identité espagnole et le contact entre des personnalités aux idées opposées.

Le fait de sortir d'Espagne permet de connaître l'image du pays à l'étranger : « Nous le savons bien, nous qui avons quitté l'Espagne Pour vivre à l'étranger » (10) (15-16).

Ou encore : « Alba avait besoin du coup d'État Pour être purifié, Pour que sa véritable personnalité resplendisse. Alba en a tiré profit Pour vivre à l'étranger, Pour vivre en Europe, condition qui devrait être obligatoire Pour tout gouvernant bien que jamais on ne doive perdre le contact avec les réalités nationales »
(11) (21-22).

(12) « La aversión que el país, injustificadamente en gran parte, sentía por la política y por los polít (...)

(13) ha logrado ante el país una cosa que los mismos políticos no podían lograr; la santificación de la (...)

33 - La Dictature a ravivé leur militantisme et leur a fait prendre conscience de ce que critiquer avec virulence la « vieille » politique (comme l'avait fait le philosophe José Ortega) a amené la situation qu'il connaissent : « L'aversion que le pays, parfois injustement, éprouvait

envers la politique et les politiciens ne pouvait être guérie que par un trop plein de violences, d'immoralités, d'abus, de tyrannie cupide »(12) (22).

Precioso nous dit même que « Primo [...] a obtenu une chose Pour le pays que les politiciens eux-mêmes ne pouvaient obtenir : la sanctification de la politique espagnole, qui peut servir de modèle en Europe » (22-23) et même : « la Dictature [...] pourrait être le début de la régénération » (13) (129).

Le républicanisme serait redevable à Primo de Rivera : Precioso dit qu'on est tenté de devenir républicain en réaction aux injustices, aux persécutions et au pharisaïsme (235).

34 - S'intéressant à l'identité nationale, les exilés mettent en avant deux aspects complémentaires : les apports de l'étranger comme expérience nécessaire aux politiques (22, 213) et les critiques adressées à l'Espagne, la dénonciation des maux du pays.

Ces thèmes sont ceux des « régénérationnistes » du début du XXe siècle.

35 - Pour Precioso, le manque de conscience politique est responsable des crises espagnoles : « l'aversion contre les politiques a été nocive et a amené la Dictature » (22).

De plus : « dans aucun pays on ne manque, même parmi les professionnels, de sens politique comme en Espagne » (107).

(14) « cada día más gustosamente alejado de las páginas españolas de la decadencia, y sin afán ni deseo (...)

(15) « Hay que cuidarse, tener salud, para que la hora de la justicia nos coja preparados. Si yo me hubi (...)

(16) « ahora en París, soportando, imperturbable y sonriente, una voluntaria emigración, que dura ya más (...)

36 - Alba s'intéresse à la question nationale, à la spécificité espagnole.

Lui qui a traduit en 1904, En quoi consiste la supériorité des anglo-saxons ? d'Edmond Demolins, suit les idées de régénération, notamment celles de Joaquín Costa, dénonce l'ignorance et défend l'éducation et le parlementarisme (35, 47 et 67).

Alba prétend se trouver très à l'aise, loin des problèmes espagnols : « chaque jour plus à l'aise, éloigné des pages espagnoles de la décadence et sans désir de retourner me mêler de ses épisodes ingrats » (14) (63).

Pourtant, Alba prépare son retour et sa réhabilitation : « Il faut prendre soin de soi, être en bonne santé Pour que l'heure de la justice nous trouve prêts. Si j'avais faibli comme vous […], en ce moment, qu'en serait-il de moi ? » (15) (67).

Precioso donne ce portrait d'Alba : « maintenant à Paris, supportant imperturbable et souriant une émigration volontaire qui dure depuis plus de six années » (16) (41).

37 - Pour Blasco, cette décadence est à relativiser puisqu'il ressent de la fierté en constatant la richesse de la littérature espagnole (213-215).

38 - La vision de la France par ces exilés est duelle. Nous l'avons vu, Paris est « la » ville culturelle : « no ha dejado [Alba] de ver un espectáculo, ni ha dejado de oír una conferencia », sa civilisation, sa tolérance, ses beautés sont mises en avant (105-106,137).

En outre, Precioso dit de Paris qu'on y travaille, qu'on s'y lève tôt, corrigeant ainsi un cliché : « En París, contra lo que creen mucho españoles que no han estado aquí o que suelen venir a divertirse unos días de vez en cuando, la gente madruga mucho, trabaja de firme y se acuesta temprano » (105).

39 - Malgré les aléas du séjour en France, le fait d'être suivi par la police (Precioso) et les rapports difficiles avec l'ambassadeur d'Espagne à Paris, à la botte du dictateur (167-169), l'affection Pour la France est évidente (142, 155). Les rapports sont parfois ambivalents : si les autorités suivent les demandes de l'ambassadeur et éloignent parfois de la frontière les exilés et les surveillent, les Français – des politiques, des journalistes – les soutiennent.

Conclusion

(17) « estaba en París cumpliendo con su deber de político constitucional y parlamentario, y si el deber (...) (18) « Yo creo servir a mi país haciendo lo que hago ahora: escribir novelas ».

40 - Exil volontaire Pour certains (Sánchez Guerra) ou obligatoire (Pour Alba, Unamuno), Pour tous c'est un devoir, comme l'explique Sánchez Guerra : « à Paris, il obéissait à son devoir de politicien constitutionnel et parlementaire et si le devoir était une obligation alors il ne se trouvait pas là par choix » (17) (108, 136).

Il est une garantie de leur liberté mais aussi de leur survie et de leur indépendance Pour critiquer, faire acte d'opposition, de multiples manières. C'est ce que dit Blasco Ibáñez, convaincu de servir l'Espagne en écrivant ses romans (18) (210).

********/////********

Voilà en condensé, ce que l'avant, la dictature de Primo de Rivera et l'après ont inspiré a grand trait aux 350000 espagnols exilés lors de cette période historique.

Mais est-ce la même chose Pour grand père et sa famille qui quitte l'Espagne en 1921?
Comment font-ils Pour se déplacer avec les six enfants?

De quoi vivent-ils?

Certes, ces études nous aident à comprendre les difficultés de la vie à cette époque.

Elles montrent bien que ceux qui avaient déjà des situations vivent en exil dans des situations qui n'ont rien avoir avec des pauvres.

A priori, la Famille Del Campo-Chimeno, ne partage que le fait d'être exilée.

Les difficultés auxquelles ils sont confrontés sont d'une autre teneur. Vivre à l'hôtel à Paris, Nice ou Toulouse, c'est autre chose que de vivre à « Ithurbidia » à Saint Just Ibarre avec une famille de six enfants.

Par exemple, nous savons que grand père Pedro DEL CAMPO, était en 1920 à Eugui en Espagne, Charpentier

Apolonia et Pedro au Pays Basque

/ menuisier, comme c'est mentionné sur l'acte de naissance de Rosalie.

Nous savons également qu'en 1924/1925, grand père travaille Pour la commune de Saint Just Ibarre, comme nous l'indique un compte rendu de conseil municipal, dans la revue «JAKINTZA», « savoir et faire savoir » qui est sa devise.

Le 17 mai. Installation du conseil municipal. 1925 - Revue de l'Association "JAKINTZA N°73 Janvier 2016
MM. Béthular Dominique, Eracaret Jean, Haramburu Arnaud, Bordabidart Ambroise, Bidegaimberry Jacques, Barreix, Lopépé Pierre, Urruty Jacques, Bacho Jean, Iribarne Thomas, Elichiry Pierre, Inchaussandague.
Élection du maire : Bidegaimberry Jacques.
Élection de l'adjoint : Béthular Dominique.
M. Elichiry a été élu délégué à la commission syndicale de l'Ostabarret.
M. Elichiry membre chargé de la surveillance de la pépinière demande un crédit pour achever de mettre la pépinière en état et effectuer le semis des plants.
Le conseil municipal vote la somme de 500 F.
Le 14 novembre. Les travaux de réfection du pont d'Abons sont achevés. Il reste à payer à l'entrepreneur Pedro Del Campo la somme de sept cent trente et un francs et soixante-trois centimes.

Peut-être que grand père était payé à la tâche, suivant les travaux qui lui étaient confiés !

C'est autre chose que des traductions, ou des sommes d'argent à la banque, ou chez des membres de la famille déjà bien installés.

Les exilés expriment leur identité hors territoire, la préservent, confortent leur vision de l'Espagne, défendent leur vision politique et leur conscience nationale en l'enrichissant de l'expérience étrangère.

Mais est-ce la même chose Pour grand père et sa famille qui quittent l'Espagne en 1921?

Comment font-ils Pour se déplacer avec les six enfants ? De quoi et comment vivent-ils ?

Certes, ces études nous aident à comprendre les difficultés de la vie à cette époque.

Elles nous permettent de voir la vie en grande mutation dans lesquelles se trouvent les diverses régions de l'Espagne.

L'évolution du capitalisme dans le pays, ces effets sur les populations, les entreprises, la vie sociale, l'exode rural, les mouvements sociaux, etc.

La « Renaissance » est d'une grande importance pour tout ce qu'il se passe à cette période en Espagne. (1890- 1920).

Il faut lire le livre de Carlos SERRANO « le tour du peuple », pour s'en rendre compte avec une certaine acuité, pour les béotiens que nous sommes, de l'importance de cette période qui précède le départ d'Espagne des grands parents Del Campo-Chimeno et Goni-Egozcue.

C'est une période où s'accumulent les difficultés pour les riches qui contrôlent l'économie espagnole, et pour les pauvres, en particulier dans l'agriculture et l'industrie en développement inégal, les colonies en effervescences et les autres pays de l'Europe et du monde qui eux aussi sont en mouvement.

C'est une période difficile Pour les plus pauvres. Regardez un Film de « Buñuel », muet et en noir et blanc, cela vous donnera une idée.

Avec de l'imagination, en écoutant les chansons de « Joselito » vous vous ferez une idée, et les plus jeunes d'entre vous qui lisez ce « moment littéraire », vous rigolerez en vous posant des questions.

Peut-être?! C'était comme ça!

Et oui ! la misère c'est comme ça ! surtout dans les campagnes...

**********//////**********

Bibliographie — Elle peut aider ceux qui veulent approfondir l'étude ; ou comme nous la découvrir, et cceux qui ne veulent pas lire, sautent deux ou six pages!.

Santiago Alba, L'Espagne et la dictature. Bilan. Prévisions. Organisation de l'avenir, Paris, (Préface de Francesco Nitti) Librairie Valois, 1930
Santiago Alba, Traduction en 1904 de « En quoi consiste la supériorité des anglo-saxons? » d'Edmond Demolins (1900)
Paul Aubert, Les intellectuels espagnols et la politique dans le premier tiers du XXe siècle, thèse d'état, Bordeaux, 1996.
Vicente Blasco Ibáñez, Alphonse XIII démasqué : la terreur militariste en Espagne, Paris, Flammarion, 1924

Elvire Diaz, « Humour et politique. Gutiérrez (1927-1934) et l'actualité des années trente », Bulletin d'Histoire contemporaine de l'Espagne, n° 25, Juin 1997, p. 283-296

Carlos Esplá, Unamuno, Blasco Ibáñez y Sánchez Guerra en París, Buenos Aires, 1940 (réédité en 2002)

Antonio Fernández García, et al., Documentos de historia contemporánea de España, Madrid, Ed. Actas, 1996, p. 401-429

Eduardo González Calleja, La España de Primo de Rivera. La modernización autoritaria (1923-1930), Alianza editorial, 2005; « L'esprit de la Rotonde », communication faite au colloque international « Paris, ville d'accueil. L'exil espagnol durant les XIXe et XXe siècles » (au Colegio de España, Paris, 18-22 avril 2005), à paraître in Madrid, Biblioteca Nueva, en 2007

Jean-Louis Guereña, Armée, société et politique dans l'Espagne contemporaine, Nantes, Editions du Temps, 2003

Julia María Labrador Ben et al., La Novela de hoy, la Novela de noche y el folletín divertido. Labor editorial de Artemio Precioso, Madrid, CSIC, 2005

Eduardo López Ochoa (Général), De la dictadura a la república, prologue d'Ed. Ortega y Gasset, Madrid, Zeus, 1930 et J. Molina, 1930

Eduardo Ortega y Gasset, La verdad de la dictadura, Paris, Juan Durán, 1925

Joseph Pérez, Histoire de l'Espagne, Fayard, 1996, p. 679-699

Artemio Precioso Ugarte, Españoles en el destierro. La vida en Francia de Santiago Alba, Blasco Ibáñez, Sánchez Guerra, Unamuno, E. Ortega y Gasset, Carlos

Esplá, López Ochoa, Manteca, Editorial Vulcano, Madrid, 1930, 315 pages

Miguel de Unamuno, Romancero del destierro, 1927 ; De Fuerteventura a París, diario, 1925 ; El destierro de Unamuno, 1924.

Notes

1 J. L. Guereña, Armée, société et politique dans l'Espagne contemporaine, Nantes, Editions du Temps, 2003, p. 148-151; Documentos de historia contemporánea, Madrid, Ed. Actas, 1996.

2 J. L. Guereña, op. cit., p. 151.

3 M.-C. Chanfreau, in « Espagnols en territoire français de 1813 à 1971 », Cahiers du Mimmoc, N°1, février 2006, signale les cas de Buenaventura Durruti, leader des anarchistes, qui avait assassiné le 17 mai 1923 le gouverneur de Biscaye, Gonzalez Regueral, et avait fondé en juillet 1927 la Fédération anarchiste ibérique, et celui de Jover, que les gouvernements argentin et espagnol souhaitaient juger.

4 Editorial Vulcano, Madrid, 1930, 315 pages.

5 Voir l'ouvrage qui vient de lui être consacré : La Novela de hoy, la Novela de noche y el folletín divertido. Labor editorial de Artemio Precioso, Julia María Labrador Ben et al., Madrid, CSIC, 2005.

6 Precioso, op.cit.

7 « fuera de España no hay política, todos somos españoles ».

8 « es vergonzoso lo que ocurre. ¿Cuántos desterrados de nota hay en París? Se pueden contar con los dedos de una mano : Alba, Sánchez Guerra, Unamuno, Ortega…, yo. ¿Sabe usted cuántos desterrados italianos hay en Francia ? Millares, millares… Una legión de

políticos, otra de catedráticos, otra de periodistas, otra de escritores, otra de soldados de filas... Allí en España todo el mundo aguanta y se resigna ».

9 « yo creo llegado el momento de dirigir un manifiesto al país, un manifiesto del cual usted debe ser primer firmante y yo el último. Con nosotros firmaría Alba, Unamuno, Villanueva, y los demás elementos de solvencia y responsabilidad... se pediría la convocatoria de unas Cortes constituyentes, en las que el país se declararía por la república o la monarquía... »

10 « Esto lo sabemos, mejor que los que no han salido de España, los que, mientras, hemos habitado en el extranjero ».

11 « necesitaba el golpe de estado para salir purificado, para que su verdadera personalidad resplandeciera ... A Alba, le ha servido para vivir en el extranjero, para vivir en Europa, condición que debería ser obligatoria a todo gobernante aunque nunca deba perderse el contacto con las realidades nacionales ».

12 « La aversión que el país, injustificadamente en gran parte, sentía por la política y por los políticos sólo podía curarse con un empacho de tropelías, de inmoralidades, de abusos, de tiranía codiciosa y desenfrenada ».

13 ha logrado ante el país una cosa que los mismos políticos no podían lograr; la santificación de la política española, que puede servir de modelo en Europa »; « la Dictadura ... podría ser el comienzo de la regeneración ».

14 « cada día más gustosamente alejado de las páginas españolas de la decadencia, y sin afán ni deseo de volver a mezclarme en sus ingratos episodios ».

Apolonia et Pedro au Pays Basque

15 « Hay que cuidarse, tener salud, para que la hora de la justicia nos coja preparados. Si yo me hubiese amilanado como usted [Precioso], en este momento, ¿qué habría sido de mí ? »

16 « ahora en París, soportando, imperturbable y sonriente, una voluntaria emigración, que dura ya más de seis años ».

17 « estaba en París cumpliendo con su deber de político constitucional y parlamentario, y si el deber era obligatorio, él no estaba allí por su voluntad ».

18 « Yo creo servir a mi país haciendo lo que hago ahora: escribir novelas ».

Pour citer cet article : Référence électronique

Elvire Diaz, « Identité hors territoire. Les élites espagnoles exilées en France sous la dictature de Primo de Rivera (1923-1930) », Les Cahiers du MIMMOC [En ligne], 2 | 2006, mis en ligne le 10 septembre 2006, consulté le 10 octobre 2019. URL: http://journals.openedition.org/mimmoc/215; DOI: 10.4000/mimmoc.215

*********//////*********

BIBLIOTHÈQUE DE LA CASA DE VELAZQUEZ
2

CARLOS SERRANO

LE TOUR DU PEUPLE

MADRID
1987

LE présent ouvrage cherche à analyser diverses modalités des luttes populaires depuis la protestation spontanée jusqu'au combat organisé — contre l'ordre social dominant en Espagne autour de 1900. A la faveur de la crise que connaît le pays, notamment du fait des guerres coloniales et de leur dénouement désastreux, le mouvement ouvrier reconstitue ses forces, mais la contestation gagne aussi d'autres secteurs de la société. Dans de pareilles conditions, certains semblent imaginer une possible relève des hommes ou des groupes au pouvoir: "Le tour du peuple" ne serait-il pas enfin venu? C'est la question que se pose alors Joaquín Costa.

Buenos días,
les necesario comenzar nuestra búsqueda de la historia familiar por un extremo!
El abuelo nació en 1883.
¿En qué situación se encontraba el país en aquel momento?
El guión aparte que sigue debe ayudarnos
.... Vamos a ello

Carlos Serrano, maître de conférences à l'Université de la Sorbonne Nouvelle-Paris III, s'est plus particulièrement consacré à l'étude de la crise de l'Espagne contemporaine, à laquelle il a, seul ou en collaboration, consacré divers ouvrages et articles.

68

Apolonia et Pedro au Pays Basque

des indépendantistes cubains. Pablo Iglesias, dans un long article publié initialement dans *La Española* de Madrid, puis repris par *El Socialista* le 18 février et *La Lucha de clases* le 26 février, continuait d'expliquer que le conflit antillais, "tout en étant politique dans sa forme", était essentiellement économique dans le fond : la seule question en litige était de savoir qui dominerait le marché cubain, "monopolisé jusque là par la classe moyenne espagnole", que lui disputait les Etats-Unis, tandis que les autonomistes et les indépendantistes (lui amalgamés) se désiraient que pouvoir vendre et acheter librement. Ainsi considérée, la question de l'indépendance demeurait secondaire et Iglesias allait jusqu'à affirmer qu'elle n'était pris de l'ampleur que du fait de la politique aveugle et répressive des gouvernants espagnols. L'important c'est la fin de la guerre, quelle qu'en soit l'issue, poursuivait le leader socialiste, qui achevait son article par ces mots :

"Une fois que sera terminée, d'une façon ou d'une autre, la question qui intéresse là-bas l'élément bourgeois et distrait les travailleurs, le terrain sera enfin libre pour que se pose à Cuba ouvertement la même question qui dans tous les autres pays, la lutte entre "salariants" et salariés, entre pauvres et riches"[59].

Cette double dimension —hostilité accrue à la guerre et persistance dans l'incompréhension de la lutte indépendantiste— domine les prises de position socialistes des mois qui suivent, en particulier durant la campagne électorale. A cette occasion, le C.N. publie un manifeste —signé par Iglesias et García Quejido—, qui reprend ces thèmes, tandis que *La Lucha de clases* explique à Bilbao la nécessité du vote socialiste en ces termes :

"L'insensé infamie de s'envoyer à Cuba et aux Philippines que les fils des pauvres et le fait que plus de 100.000 mères prolétaires se retrouvent sans le fruit de leurs entrailles n'auraient pas pu se produire si notre classe avait compté au Parlement sur des représentants qui auraient clamé contre de pareils crimes et dénoncé la lâcheté et l'inhumanité de la classe bourgeoise".

Au cas où Pablo Iglesias serait élu, poursuivait *La Lucha de clases*, il

[59.] Pablo Iglesias, *Escritos*, Madrid, 1976, t.2, p.146.

réclamerait la fin immédiate de la guerre de Cuba et s'opposerait à tous ceux qui voulaient entraîner le pays dans une guerre contre les Etats-Unis[60].

Au fur et à mesure que passent les jours, l'imminence d'une guerre avec les Etats-Unis finit, en effet, par éclipser toute autre préoccupation. Contrastant avec l'attitude adoptée au début de la crise coloniale, mais aussi avec le comportement de la plupart des partis bourgeois, le P.S.O. affirme sans ambages sa solidarité avec les travailleurs nord-américains. Le 25 mars, *El Socialista* publie les déclarations des "camarades nord-américains", qui se prononcent eux aussi contre un éventuel conflit, et l'appel lancé par le P.S.O. le 8 avril, en vue de la préparation du 1er mai, met en valeur la solidarité indispensable entre les peuples :

"Quel beau spectacle donnerions nous si, par dessus le fracas des combats ou les cris des passions chauvines, nous arrivions à faire parvenir à nos frères d'Amérique des paroles d'amour et accorder de leur bouche des mots d'amitié, tous unis contre un régime qui oblige des frères à lutter contre des frères"[61].

Par-delà cet internationalisme de principe, une autre raison pousse les socialistes espagnols à s'opposer à la nouvelle guerre qui menace : il ne fait aucun doute à leurs yeux que l'Espagne ne peut qu'être vaincue par un pays quatre fois plus peuplé qu'elle, plus riche et plus puissant. L'affirmation contraire, si répandue dans la presse et les milieux politiques d'alors, est illusion ou, pire, mensonge destiné à "tromper les gens" affirme Iglesias, tandis que Morote réclame la paix immédiate par l'indépendance, par n'importe quel moyen"[62]. *La Lucha de clases*, plus énergique encore dans le ton, publie le 16 avril 1898 ces lignes :

[60.] *La Lucha de clases*, 26 mars 1898 : "No se habría cometido la enorme infamia de mandar a Cuba y Filipinas solamente a los hijos de los pobres ni quedarían más de 100.000 madres proletarias sin los pedazos de sus entrañas si nuestra clase hubiera tenido en el Parlamento representantes sepan que clamaran contra semejante crimen y echaran en cara a la clase burguesa su cobardía y su inhumanidad (...) elegido Iglesias, reclamará que se ponga término inmediato a la guerra de Cuba y que no se haga caso de los capitales ávidos que quieren embarcarnos en una guerra con los Estados Unidos".
[61.] "Qué espectáculo más hermoso daríamos si, dominando el estrépito del combate o la alzada voz de las pasiones patrioteras, pudiéramos enviar palabras de amor a nuestros hermanos de América y oír de sus labios palabras de cariño, maldiciendo unos y otros de los régimes que obliga a pelear hermanos contra hermanos".
[62.] "Los causantes de la guerra" et "La paz", *El Socialista*, 22 et 15 avril 1898 respectivement; Morote se déclare l'auteur du deuxième de ces articles dans son mov. cit.

Auca de la guerra de Cuba

événements vont dorénavant trop vite. Le Comité national tente au printemps d'organiser une nouvelle série de manifestations, similaires à celles de l'automne 1897, qui fait échouer la proclamation de l'état de guerre; désarmés, les socialistes deviennent les témoins impuissants d'un échec prévisible; c'est sous le titre de "¡Imbéciles!" que *El Socialista* annonce le 9 juillet 1898, la catastrophe de Santiago de Cuba. A partir de ce moment la question n'est plus d'en finir avec une guerre manifestement perdue, mais de connaître le prix de la paix. Le P.S.O. juge "dures" les conditions proposées par les Etats-Unis en août — qui prévoient l'abandon de Cuba et la cession de Porto-Rico — mais estime que l'Espagne n'est plus en mesure de les refuser; et c'est un passé déjà que *La Lucha de clases* parle, le 9 juillet, du colonialisme espagnol : "les seuls qui profitaient des colonies étaient les industriels qui faisaient venir des Etats-Unis le blé qu'on ne laissait pas entrer à Cuba, pour en faire ici de la farine qu'ils allaient vendre ensuite à Cuba même" lit-on alors dans l'organe des socialistes basques, qui précise encore que pour "l'ouvrier espagnol qui émigre afin de gagner sa vie, peu importe que le pays d'arrivée soit ou ne soit pas espagnol"[67].

Un nouveau départ.

Une page est tournée. Le P.S.O. continuera de dénoncer la *Transatlántica* pour les mauvaises conditions dans lesquelles elle rapatrie les soldats, ou de mettre en cause le pouvoir, trop lent à payer leur dû aux anciens combattants, mais l'essentiel est ailleurs. Il s'agit dorénavant de tirer les leçons de l'événement.

Sur le plan proprement colonial, le parti socialiste est à présent sans illusions, et il se prononce pour l'abandon des Philippines —dont les préliminaires de paix ne précisaient pas le futur statut— et de tout projet d'expansion future. "Nos hommes politiques n'ont pas compris", écrit Pablo Iglesias le 4 octobre 1898, "que seules les nations qui possèdent un excédent de forces productives qu'elles ne peuvent utiliser à l'intérieur de leur territoire naturel, deviennent des nations coloniales". Or, poursuivait le leader socialiste, tel n'était pas le cas de l'Espagne, incapable de "cultiver

propre soi ou d'exploiter les sources naturelles de sa production". Seule la force lui avait permis de maintenir sa domination outre-mer, et dès que cette force avait décliné elle avait dû se soumettre[68]. L'avenir de l'Espagne n'était donc pas dans les aventures coloniales, mais en Espagne même : *La Lucha de clases* l'avait affirmé, sans attendre le dénouement de la crise, dès le 7 mai, en appelant les gouvernants futurs du pays à se soucier du développement "de la richesse, de l'industrie, de l'agriculture et du commerce" dans la Péninsule même. Après la défaite, cette thèse prend une importance nouvelle, et la vague régénérationiste qui traverse le pays n'est pas sans effets sur le discours socialiste. "Pouvons-nous nous régénérer?" se demande *La Lucha de clases* le 10 décembre; et *El Socialista* semblait lui répondre par avance en affirmant que "les dégénérés" (étaient) les membres de la classe bourgeoise et leurs serviteurs, non les ouvriers". Dans une interview à *El Liberal*, Iglesias donne une coloration plus marxiste au débat, en affirmant que le remède aux maux de la nation se trouvait dans le "développement de ses forces productives"[69]. De fait, le vieil économisme des socialistes espagnols refaisait surface, et pour Iglesias et les siens, l'heure du socialisme n'était pas encore venue. La classe ouvrière est numériquement faible, pensent-ils en effet, et cette faiblesse provient d'un développement industriel insuffisant. Le prolétariat espagnol doit donc, pour pouvoir espérer triompher un jour, accroître ses forces, et c'est par une phase historique nouvelle d'un capitalisme rénové qu'il peut y parvenir, explique *El Socialista* dès le 26 août 1898 :

> "Si l'Espagne abandonne les Philippines et concentre toute son attention sur la Péninsule, loin de perdre elle aura gagnané; le peuple travailleur, qui a besoin, pour s'émanciper et en finir avec les antagonismes sociaux, que le régime bourgeois augmente la force productive et transforme radicalement le mode de

---

67. "Consecuencias de la paz", *La Lucha de clases*, 9 juillet 1898 : "Los únicos que ganaban con las colonias eran los industriales que traían de Estados Unidos el trigo que no se dejaba entrar en Cuba y lo molían aquí para venderlo como harina en Cuba misma (...) Las colonias no son más que un mango en la concurrencia industrial que tiene que acabar con el régimen del capitalismo burgués".

68. *El Socialista*, 7 octobre 1898 : "Nuestros políticos no han visto que hay las naciones coloniales son aquellas que tienen un sobrante de fuerza productiva que no pueden aplicar dentro de su territorio natural (...) ¿Sucedía esto con España, con España que no es apta ni para cultivar sus suelos, ni para explotar las fuentes naturales de su producción? ¿Cómo iba a tener colonias sino (sic) sosteniéndolas por la fuerza y prestándolas cuando ésta le faltaba?".

69. "A enmendarnos", *La Lucha de clases*, 10 décembre 1898; Iglesias à *El Liberal* : "El remedio vendrá buscando el aumento de las fuerzas productivas del país".

---

production, sera alors en excellentes conditions pour s'organiser et se préparer pour le moment où la crise sociale exigera son intervention salvatrice"[70].

Ces lignes constituent tout un programme. Pour le P.S.O. il s'agit d'obtenir que la bourgeoisie espagnole prenne conscience de son "infériorité" par rapport à ses homologues étrangères et s'engage en conséquence dans la voie d'un développement moderne de l'économie. En d'autres termes, il faut contraindre cette bourgeoisie d'assumer son rôle historique —tel du moins que le définissait le marxisme au plus élémentaire des socialistes espagnols à cette date—, entraînant par là-même une inévitable croissance du prolétariat, condition indispensable à l'affranchissement des travailleurs. Bref, en poussant la bourgeoisie espagnole à entreprendre la modernisation économique et industrielle du pays, les socialistes roulaient, selon une formule classique, la voir creuser un peu plus vite sa propre tombe...

Ce souci de la modernité qui se fait jour dans le discours socialiste après l'effondrement du monopole colonial recoupe de nombreuses analyses régénérationistes. Toutefois, l'incompatibilité était totale entre ces deux courants sur le domaine proprement politique. Le P.S.O. n'était certes pas hostile aux projets de constitution de nouveaux partis, qui se substitueraient à ceux qui venaient si manifestement d'étaler leurs incompétences et *El Socialista* intitule même "El partido necesario"[71] l'article qu'il leur consacre. Parti nouveau pour une gestion rénovée du pays, soit ; mais gestion et parti de la bourgeoisie et pour la bourgeoisie, même s'il devait s'agir de secteurs plus conscients des nécessités du moment, ajoutaient toutefois les commentateurs socialistes, pour lesquels demeure absolument indispensable l'existence d'une organisation propre des travailleurs, qui ne doivent pas se laisser abuser par les promesses du rénouveau. Les derniers mois de l'année 1898 correspondent ainsi à une évidente volonté socialiste de bien délimiter leurs camps et les responsabilités de chacun dans les tragiques événements qui viennent de se produire, pour mieux faire apparaître l'importance du P.S.O. dans la défense des travailleurs. C'est sans doute ce souci qui explique

qu'outre les accusations lancées contre les partis dominants, le P.S.O. ne cesse de s'en prendre aux républicains et même à cette figure respectée de tous qu'est encore Pi y Margall. Dressant le bilan des derniers mois, Pablo Iglesias écrit le 7 octobre ces lignes :

> "Salmerón, qui désirait la paix, aurait dû s'en faire l'avocat au Parlement. Pi y Margall, qui faisait plus que la désirer mais la réclamait et la défendait dans *El Nuevo régimen*, c'est limité à cela, à un travail de cabinet, que l'on produit aucune profonde agitation dans le pays"[72].

La conclusion s'imposait d'elle-même : seuls les socialistes avaient combattu efficacement, dans la mesure de leurs moyens, une guerre désastreuse pour les travailleurs, et ceux-ci seraient bien avisés de s'en souvenir dans le futur[73].

---

70. "Nuestra opinión sobre Filipinas", *El Socialista*, 26 août 1898 : "Abandonando España las Islas Filipinas y concentrando toda su atención en la Península, lejos de perder, ganará, y el pueblo trabajador, que necesita para emanciparse y acabar con los antagonismos sociales que el régimen burgués acreciente la fuerza productiva y transforme radicalmente el modo de producción, se hallará en excelentes condiciones para organizarse y prepararse bien para cuando la crisis social exija su salvadora intervención".

71. *El Socialista*, 19 août 1898.

72. *Ibid.*, 7 octobre 1898 : "Salmerón que deseaba la paz debió predicarlo en el Parlamento. Pi y Margall, que hacía más que desearla, que la preguntaba y defendía en *El Nuevo Régimen*, se limitó a eso, a un trabajo de bufete, sin producir una honda agitación en el país".

73. Deux études se rapportant aux socialistes pendant cette période, publiées en Espagne, complètent le présent travail : Esperanza Yllán Calderón, "La prensa obrera madrileña ante la crisis del 98", *El siglo XIX en España : doce estudios* (José María Jover Zamora, ed.), Barcelone, 1974; Elena Hernández Sandoica et María Fernanda Mancebo, "Higiene y sociedad en la guerra de Cuba, 1895-1898", *Estudios de Historia social*, n° 5-6, (1978).

Ainsi, avec ce travail Universitaire, ci-dessus, ce tirait à part du livre de SORIANO effectué bien après, dans les années qui suivent la grande guerre de 1939/1945, les années 1980/2000 et suivantes, nous comprenons mieux que l'Espagne était en grandes difficultés, certes, mais pour les plus faibles, les pauvres cela devait être très dur.

Peut-être que cela justifiait de quitter le pays ? Allez savoir....
On ne prend pas le chemin de l'exil de gaité de cœur !
Il faut des motifs importants.

De toute évidence cela aide à comprendre que les difficultés de vie subsistent, la dictature de Primo de Rivera a fait beaucoup de mal et a laissé des traces que nous ne mesurons pas en France.
La République espagnole a été renversée par un coup d'Etat militaire.

Maintenant c'est le cédicieux Franco et ses scribes qui sont installés, avec sa dictature en Espagne, avec la répression violente qui va avec.
En France, au **Pays Basque en 1939/1945**, la vie est compliquée et bien dure Pour notre famille installée au Pays Basque intérieur, à Ibarre.

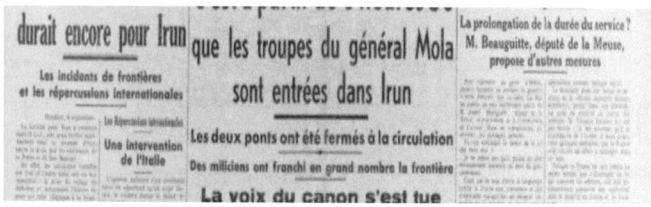

Au Pays Basque les habitants de la côte assistent de très près aux combats Pour la prise d'Irun à la frontière.
Des villes comme Bayonne, Oloron ou encore Mauléon se proposent Pour héberger les réfugiés.
Mais Pour la plupart des Basques et des Béarnais, la méfiance est le sentiment dominant.

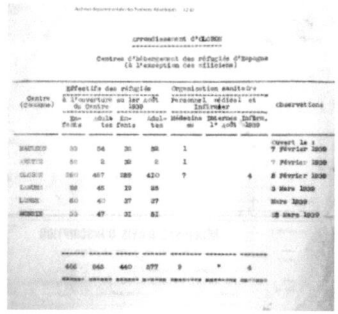

C'est aussi de plus en plus l'attitude des autorités Françaises.
Certains activistes, d'un camp ou de l'autre, espagnols comme français voire italiens ou allemands, font l'objet d'une surveillance accrue par les autorités.
La réorganisation administrative autour du Comité départemental de Libération (CDL) et du commissaire de la République montre les difficultés de ce retour à la démocratie.
Le Préfet de Pau, Paul GRIMAUD, est arrêté le 13 juin 1944 par les allemands, et déporté dans les camps en Allemagne.

Apolonia et Pedro au Pays Basque

Le Secrétaire Général est aussi arrêté et le Préfet issu de la résistance Jean BAYLOT prend ses fonctions le 18 novembre 1944 au 4 janvier 1946.
Puis Roger MORIS du 4 janvier 1946 au 24 avril 1948.
© *Archives départementales des Pyrénées-Atlantiques*
- ***La France, étape d'un long périple***
Tableau d'estimation du nombre d'Espagnols dans le département. En juin 1939, on compte 19 000 hommes dans le camp de Gurs (3 Z 82)

On estime à près de **500 000** le nombre de **réfugiés espagnols** qui arrivent en France en 1939.
 Ne sont pas pris en compte ceux qui sont déjà installé bien avant la Dictature de Franco.

Cette arrivée est massive et soudaine: l'exode se déroule sur quelques semaines à peine, laissant peu de temps Pour organiser ces flux.

Claude LAHARIE dans son travail de recherche sur le camp de Gurs, rend bien compte du grand bazar organisé Pour exercer le contrôle social sur tous les émigrés, en particulier Basque espagnol.

Outre sa proximité géographique, la France jouit pourtant d'une réputation de terre d'accueil.

Pays de la Déclaration des Droits de l'Homme et du Citoyen, elle se doit d'aider ces individus.

Mais le contexte national (crise économique, gouvernement conservateur au pouvoir, (droite), accroissement du sentiment xénophobe) et l'ampleur de l'immigration rendent les conditions d'accueil très défavorables.

J'emprunte la "Préface" de son livre à Mr LAHARIE, elle est éclairante:

Au début des années 1970, Jacqueline Souchère, ancienne déportée de Ravensbrück, dont le mari avait été mon compagnon au camp central de Mauthausen, me fit rencontrer Claude Laharie, jeune étudiant en Histoire à l'Université de Bordeaux. Comme sujet de thèse de IIIe cycle, il avait choisi d'étudier le camp de Gurs de 1939 à 1945. Il pensait que j'y avais été interné en tant que volontaire des Brigades internationales et que je pourrais lui donner un témoignage personnel. Ce n'était pas le cas puisque j'avais évité l'internement en passant illégalement la frontière, dans une voiture officielle où ne trouvaient aussi Roli Tanguy et un camarade allemand, Baier, sous la protection de Raymond Guyot et Jean Catelas, députés communistes, venus aider sur place à l'accueil des réfugiés. A Paris j'avais été intégré au Comité d'Aide à l'Espagne Républicaine dont l'une des tâches était d'assurer la liaison et la solidarité, tant matérielles que morales, notamment avec les internés de Gurs.

Parmi les 20.000 soldats républicains qui s'y trouvaient parqués il y avait 7.000 volontaires des Brigades internationales non rapatriables. En effet, les Allemands et les Autrichiens, les Italiens, les Yougoslaves, les Roumains, les Bulgares et les Polonais ne pouvaient retourner dans leurs pays jugulés par des régimes fascistes ou totalitaires. Il y avait aussi 700 de mes compatriotes tchécoslovaques dont le gouvernement, mis en place après le traité de Munich, avait refusé le retour au pays où ils se proposaient de poursuivre la lutte contre Hitler qui s'apprêtait à l'envahir.

Après le déclenchement de la guerre et le départ massif des travailleurs et des paysans français aux armées, les autorités françaises décidèrent d'exploiter l'énorme potentiel de main-d'œuvre que représentaient les internés de Gurs et des autres camps implantés dans le Midi. La majorité des soldats républicains furent incorporés dans les compagnies de travailleurs étrangers (C.T.E.) et envoyés aux quatre coins du pays : dans les arsenaux, les poudreries, les centrales hydro-électriques ou au front pour réparer et renforcer la ligne Maginot. D'autres furent versés dans les compagnies de marche de la Légion étrangère. Tous n'avaient qu'une pensée : pourvoir aux côtés du peuple français le combat qu'ils avaient mené, trois années durant, en Espagne contre le fascisme.

Nous ne pouvons pas ne pas mentionner ce qui fut leur destin après que les armées hitlériennes eussent déferlé sur la France. Faits prisonniers avec l'Armée française, ils furent d'abord internés dans les camps de prisonniers français. Avec l'agrément du gouvernement de Vichy, ils furent ensuite déportés par les nazis dans le camp de concentration allemand de Mauthausen où ils furent en majorité exterminés. Arrivés 8.000, ils ne seront plus que 1.500 à pouvoir célébrer, en mai 1945, la libération du camp et la victoire contre le nazisme.

Pour ce qui est des "Internationaux", Polonais et Tchécoslovaques s'engagèrent massivement dans les armées polonaises et tchécoslovaques qui avaient été créées en France pour combattre aux côtés des Français. D'autres, jugés trop "rouges", avaient été envoyés dans des camps de représailles et, par la suite, transférés en Afrique du Nord. Ceux qui restaient à Gurs réussirent à s'évader, à s'évanouir dans la nature et à rejoindre, nombreux, les rangs de la Résistance française à laquelle prirent part aussi des milliers de Républicains et réfugiés espagnols résidant en France. Il est intéressant de rappeler que quelques centaines d'"Internationaux" parvinrent à regagner illégalement leurs pays d'origine occupés par les Allemands où ils participèrent aux combats de la Résistance intérieure.

Après la défaite, l'occupation de la France, la création de la zone libre et la honteuse collaboration des autorités de Vichy, la tragédie de Gurs devait atteindre son paroxysme. Vidé des Espagnols et des "Internationaux", on y avait internés, par journées successives, les antifascistes allemands et autrichiens réfugiés en France pour fuir Hitler, des centaines de patriotes français, les 6.500 Juifs déportés du camp de Bade en octobre 1940 par les nazis, des milliers d'autres raflés par les autorités françaises de Vichy qui cautionnaient, et souvent même devançaient, les consignes de l'occupant.

Si durant la première phase de l'histoire de Gurs, des contacts amicaux, une solidarité matérielle et morale s'étaient établis entre la population locale, les Républicains espagnols et les "Internationaux", il n'en fut pas de même dans le cas des exceptions prêts pour les nouveaux arrivants : ces étrangers "indésirables", ces espions, ces Juifs, fauteurs de guerre désignés à la vindicte publique.

A partir de 1942, alors qu'une lueur existait encore, Gurs, transformé en un véritable pourrissoir, fut un des principaux réservoirs français où les nazis puisèrent, avec l'aide des policiers, des gardes mobiles et des gendarmes français, les victimes qui alimentèrent les fours d'Auschwitz.

Le chargement de ces milliers d'hommes, de femmes et d'enfants dans les camions, leur acheminement par trains entiers s'effectuaient

9 10

74

Apolonia et Pedro au Pays Basque

Comme le disait avec émotion un membre de la délégation allemande reçue par le maire de Navarrenx : "On dirait que ce n'est que maintenant que l'on veut ouvrir les yeux sur ce qui a été...". L'idée force qui émanait de ces manifestations était : se souvenir pour préparer un avenir plus juste, plus fraternel, préservé de la guerre.

C'est le sens aussi de l'appel lancé à la fin du Congrès constitutif de l'Amicale des Anciens de Gurs qui réunit en juin 1980 une centaine de participants venus de nombreux pays d'Europe : "Gurs vivra dans la conscience des hommes grâce à la jeunesse qui entretiendra la flamme du souvenir et bâtira le monde de justice, de fraternité pour lequel sont morts nos camarades".

Paris - Décembre 1984
Artur London

Différentes stratégies sont mises en place Pour gérer et réduire ces flux de population.

Ces arguments sont clairement énoncés dans la correspondance entre le préfet et le sous-préfet d'Oloron, que nous avons lus, et les curieux, ou ceux qui veulent se rendre compte par eux-mêmes, peuvent les retrouver dans les © ***Archives départementales des Pyrénées-Atlantiques.***

La Guerre Civile d'Espagne débute en juillet 1936 par un soulèvement militaire mené par le général Mola, gouverneur militaire de Pampelune, partisan de l'ordre, bien évidemment, de droite, voire d'extrême droite, puis, prend la tête du soulèvement le Général Franco, autre séditieux, qui s'appuie sur les troupes stationnées au Maroc, pour lancer leur offensive, avec d'autres généraux félons, dans différentes régions d'Espagne, contre la République qui les nourrit en assurant leurs soldes.

Ils font vaciller la 2ième République Espagnole issue des urnes démocratiquement et établie en 1931.
Cette 2ième République est dirigée depuis le printemps 1936 par les forces de gauche regroupées dans le cadre d'un Front populaire que les intérêts capitalistes réactionnaires, les monarchistes, veulent combattre, avec les militaires cédicieux et l'Église catholique, sa hiérarchie en particulier, qui soutient les félons en grande majorité.

Après ce coup d'Etat militaire, la Dictature Franquiste s'installe soutenue par Mussolini et Hitler, mais aussi Salazar au Portugal voisin.

Nous ne parlerons pas des pays européens voisins où la Droite et ses partis politiques conservateurs,

Apolonia et Pedro au Pays Basque

s'opposent résolument à toute aide, et leurs gouvernements également Pour leur non interventionnisme !

La seconde guerre mondiale les fera réfléchir, et Pour certains qui avaient envisagé de soutenir Franco en refusant d'intervenir Pour soutenir les démocrates espagnols, de commencer à se repentir comme « Churchill ».

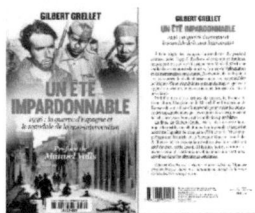

« L'attentisme et la démission sont inexcusables dans les situations extrêmes » écrit Gilbert Grellet dans son ouvrage « Un été impardonnable - 1936: la guerre d'Espagne et le scandale de la non-intervention », publié en 2016.

Il vaut mieux tard que jamais!!!

C'est ce que l'on peut dire après.

Les jeux sont faits et le constat sinistre!
C'est de l'Histoire contemporaine. Elle mérite pourtant d'être développée car cela éclaire singulièrement l'évolution de l'Espagne, et sa stagnation durant 50 ans de dictature.

La zone frontalière du sud de la France est directement concernée par l'évolution de la situation : le Pays Basque républicain autonome dès octobre 1936, les violences de guerre au printemps 1937 (Bombardements destructifs de Guernica avec la

complicité des aviateurs allemands envoyés par Hitler et Goering) et surtout le premier flux de réfugiés vers Luchon via le col du Portillon, après l'offensive franquiste du printemps 1938 qui coupe les territoires républicains en deux en envahissant l'est de l'Aragon et la Catalogne.

Tout ceci se traduit dans la vie de tous les jours par des difficultés économiques grandissantes, qui frappent les familles modestes et les met en grande précarité.

C'est ce à quoi est confrontée la famille Del Campo en Navarre au Pays Basque côté Français, laquelle, en plus est étrangère, d'origine espagnole, et donc montrée du doigt, **au « Pays de la Déclaration des Droits de l'Homme et du Citoyen ».**

Les fiches de demande de « carte d'identité d'étranger » de la famille, découvertes aux archives départementales de Pau, sont un témoin de cet accueil pas forcément bien chaleureux, mais très pointilleux et suivi.

Ce n'est que la suite de ce qui arrive à la famille depuis son arrivée en 1921: un suivi des autorités, régulier, zélé, pointilleux, effectué par les autorités Française.

Apolonia et Pedro au Pays Basque

Sûrement que certains, autour d'eux, parmi les autorités, le Maire par exemple, ou certaines familles, ont aidé la famille DEL CAMPO, ou ont été bienveillants.

L'Église catholique a certainement joué un rôle particulier auprès de la famille.

En effet parmi les ancêtres, certains ont été scolarisés dans les séminaires catholiques, et plusieurs ont rejoint les ordres : Joseph Del Campo, décédé ; Paco (François) Del Campo (Père Ferdinand chez les Capucins), décédé ; Marie-Thérèse Del Campo, (Religieuse Sœur Marie-Colombe à Béziers).

Les autres ont eu des parcours divers:

- placement dans des maisons bourgeoises Pour: Rosalie Del Campo, mariée plus tard à Georges CAHON, aujourd'hui décédée ;
- Marie Del campo, mariée en 1947 à Jean-Baptiste ZABALETTA, décédé ;
- Travail à Bayonne Pour Gracieuse dans une chocolaterie et habite au Chalet Saint Louis, aux Arènes, décédée elle aussi ;
- Comme bûcheron Antoine Del Campo après ses études de 12 ans à 17 ans au séminaire, son internement au camp de Miranda, son évasion et son engagement pour défendre la France contre le fascisme, dans la division Leclerc, il épousera en 1953 Odette LUCANTE, il est aujourd'hui décédé lui aussi Quant aux plus petits, ils sont à la maison « Ertorainia » à Ibarre avec Apolonia, notre grand-mère.

Apolonia et Pedro au Pays Basque

Notre travail aux Archives Départementale de Bayonne va nous apporter des informations surprenantes, par rapport à nos recherches.

Nous sommes à Bayonne aux archives, sur les conseils de Madame Caroline DELEU, parce que nous savons que

Gracieuse Del Campo a fait de la résistance et qu'elle a été dénoncée, arrêtée et déportée dans le camp de Ravensbrück.

Uniquement aux archives de Bayonne sont consultables les fiches d'écrou des personnes arrêtées et mises en prison Pour la région de Bayonne

Émile commence à faire la lecture du Registre Général nominatif du recensement de Bayonne de 1936, Pour voir à quel endroit habite Gracieuse, jésusa Del Campo, sa mère et belle-mère de Solange, et notre tante Pour les autres chercheurs.

C'est Solange qui se colle la première au travail de recherche dans le Registre Général de la prison de Bayonne.
« Quelle année demande la préposée aux recherches? » l'archiviste Mme Nathalie Béréna.
Nous ne savons pas!
Gracieuse, son prénom au Pays Basque français, Del Campo a toujours dit avoir été arrêtée au début de la guerre.

Aussi nous commençons la consultation par le registre général des incarcérés de 1939/1942!!!
Les années qui suivent 1942/1946 sont confiés à Françoise puisqu'elle est la plus jeune !

La chance est avec nous : Solange découvre sur la liste le nom de **Mamy Gracieuse, (jésusa Del Campo), avec le Numéro d'Écrou N°257, janvier 1941.**

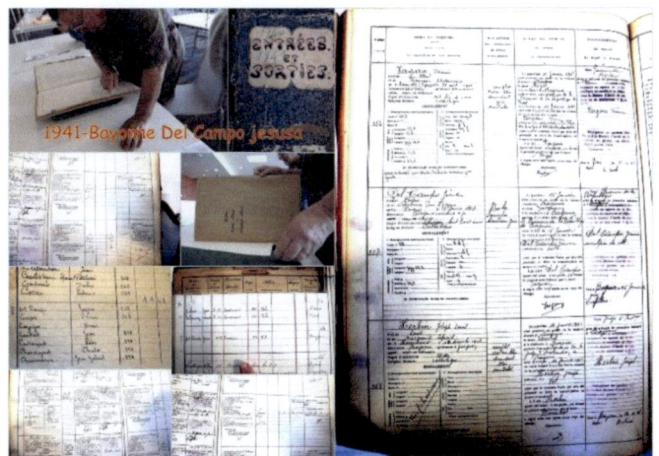

„Le poids des mots, le choc des images"!!!! spot publicitaire d'une revue Française!

Quel choc! **Incarcérée un mois par le Procureur de la République de Bayonne Pour « vol de bicyclette » du 15 janvier 1941 au 14 février 1941**, date de sa sortie de la prison de Bayonne.
C'est tout ce que nous savons Pour le moment !

Nous nous posons la question : Est ce qu'elle a de nouveau été arrêtée, plus tard, et incarcérée avant de partir dans les camps en Allemagne ?

Réponse plus tard! Peut-être ….

Françoise ne trouve rien Pour le moment, tout comme Émile qui poursuit la lecture du registre de recensement qu'il vient d'interrompre Pour faire les photos des documents découverts dans le dossier que porte Mme Nathalie Béréna et qui correspond au **N° d'écrou N° 257** relevé par Solange sur la liste générale.

C'est de l'inattendu, du lourd, un choc, car nous ne pensions pas un seul instant faire ce type de découverte.

Mamy Gracieuse, tantia Gachouch, en prison Pour vol de bicyclette !

Quand la chance sourit de nouveau à Solange: « Oups ! C'est Pépé qui est là !

Françoise n'en revient pas ! **Pedro Del Campo numéro d'écrou N°261.**

Cela confirme les informations qui arrivent à nos oreilles depuis que nous recherchons les ancêtres : Pépé (aitatxi) a été en prison.
 Ah! Bon! Quand? Vers la fin de la guerre!!!

Mais alors là! C'est plus fort que ce que nous pensions : **Incarcéré par le Procureur de la République de Bayonne Pour « Meurtre ».** Les bras nous en tombent.

Plus nous avançons dans le dossier d'écrou, et nous découvrons que c'est en bande que le grand père est

Apolonia et Pedro au Pays Basque

incarcéré, avec deux autres personnes dont nous découvrons les identités.
- Le premier : ALASTUEY Mario, Santiago, de Mauléon, bûcheron, né le 10 octobre 1905 en Espagne, incarcéré le 12 avril 1945 ;
- Le second : LABAYRU Thomas, de Mauléon, bûcheron, né le 20 décembre 1902 en Espagne, incarcéré le 13 avril 1945.

Grand-père, Pedro Del Campo, Charbonnier, lui est arrêté et présenté par le Procureur de la République, comme troisième acteur du meurtre et incarcéré le 16 avril 1945, soit trois jours après le premier protagoniste.

Rien n'est très clair dans cette situation. Les dossiers d'écrou ne donnent guère d'explications.
Les archives ne sont pas accessibles avant 75 ans, Pour le jugement et l'enquête sur le meurtre qui ont permis au Procureur de mettre en prison trois prévenus.

Mme Nathalie Béréna des Archives est désolée, mais elle ne peut pas déroger aux règles de conservation et de communication des dossiers des personnes.
Elle va consulter les dossiers et nous faire une réponse par émail, plus tard, positive ou négative.

Car enfin ! Si nous regardons les dossiers d'écrou, les trois protagonistes sont, par le Procureur de la République de Pau, après une inculpation de meurtre, libérés le 1er juin 1946 à 17H30.
Le motif de l'élargissement : **« arrêt et mise en liberté de la Chambre de mise en accusation de Pau »**.

Ainsi durant 14 mois, grand-père, Pedro Del Campo, et deux autres « Prévenus » sont privés de liberté, mis en prison à Bayonne.
Trois espagnols, illettrés et catholiques, comme c'est écrit sur leur dossier d'écrou.

C'est Pour nous difficile à admettre et à comprendre Pour le moment.

La période,1945, où l'épuration de la fin de la guerre 1939/1945, les institutions locales qui fonctionnent bizarrement, avec des fonctionnaires issus de la coopération avec l'ennemi et les nouveaux fonctionnaires issus de la résistance, tous ces chamboulements, ne nous permettent pas de comprendre vraiment ce qu'il s'est passé.
(Arrestation du Préfet GRIMAUD à Pau par les allemands et envoyé à Dachau). Idem Pour le Secrétaire général de préfecture.
Un nouveau Préfet issu de la Résistance Roger MORIS du 4 janvier 1946 au 24 avril 1948.

Plein de questions se posent :
Juridique d'abord! Comment fonctionne la justice? Le Procureur de la République c'est quoi? Comment peut-on se retrouver « prévenu »? C'est quoi un arrêt de mise en liberté?
Y a-t-il un avocat?
Alors il n'y a pas de procès? Mais alors pourquoi ne peut-on consulter les archives si tout est clair?

Apolonia et Pedro au Pays Basque

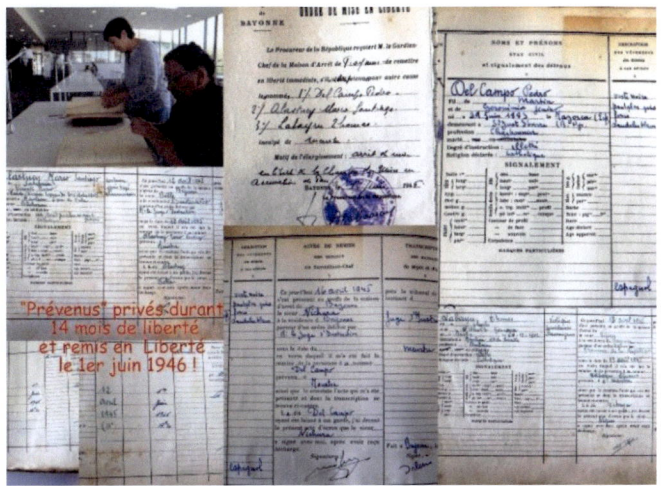

Beaucoup de questions qui demandent des réponses Pour comprendre et ainsi nous faire aussi progresser en Droit.

**********////**********

Juridique: Quelques exceptions: qui peut être incarcéré?
La **détention provisoire** désigne **la privation de liberté prononcée à titre exceptionnel contre une personne mise en examen** dès la phase d'instruction.
Il s'agit d'une mesure grave, qui consiste à incarcérer une personne encore présumée innocente. C'est la raison Pour laquelle elle est entourée de diverses garanties.
C'est bien dit et bien écrit!

La loi prévoit que la détention provisoire ne peut être ordonnée que si elle constitue l'unique moyen :
De conserver les preuves et indices matériels, ou d'empêcher soit une pression sur les témoins, ou les victimes, soit une concertation frauduleuse entre personnes mises en cause ;
De protéger la personne mise en examen, de garantir son maintien à la disposition de la justice, ou de mettre fin à l'**infraction** ;
De mettre fin au trouble exceptionnel et persistant à l'ordre public provoqué par la gravité de l'infraction (depuis la loi du 5 mars 2007, ce critère ne concerne plus que les crimes).

D'un point de vue procédural, la détention provisoire est ordonnée par le juge des libertés et de la détention à l'issue d'une audience publique et contradictoire, tenue en présence du Procureur de la République et la personne mise en examen assistée d'un avocat.
Est-ce que ceci a été le cas de Pedro Del Campo? Avec quel Procureur de la République? Qui était son avocat ? En avait-il un?

Série de questions sans réponse Pour le moment, en l'état de nos recherches sur le passé de grand père, et la famille.

La durée de la détention provisoire est normalement limitée:
En matière correctionnelle, elle ne peut excéder 4 mois, mais cette règle connaît de Nombreuses exceptions qui

Apolonia et Pedro au Pays Basque

permettent, dans la pratique, d'allonger cette durée jusqu'à un maximum de 2 ans;

En matière criminelle, elle est en principe limitée à 2 ans lorsque la peine encourue est inférieure à 20 ans de réclusion, et à 3 ans dans les autres cas. Plusieurs exceptions permettent cependant d'en porter la durée à 4 ans.

En Droit nous progressons......quoique le Droit d'aujourd'hui ne soit plus tout à fait identique à celui de cette période trouble!

Pour comprendre la situation de la période c'est difficile, surtout avec le temps qui passe. Tâche difficile aussi Pour les protagonistes de se situer.

Alors comment faire?

Si nous parlons de Droit, voila de quoi alimenter nos réflexions. Les Archives Départementales de Bayonne, via la poste électronique, nous informent de leurs recherches.

Nous recevons le compte rendu des recherches sur les dossiers protégés, durant 75 ans, que Madame Rébéna nous avait promis de consulter et nous tenir informé, quel que soit le résultat.

Ainsi nous recevons l'émail qui nous tient informé et que nous découvrons avec émotion, car il est sensé nous apporter des réponses concernant l'incarcération de grand père Pedro Del Campo, à Bayonne.

Nous n'allons pas être déçus, l'information est à la hauteur des événements: lisez plutôt !

Nous sommes fort déçus.

 Rien à Bayonne.

Mais comme nous sommes en train d'apprendre le Droit, nous pensons que le Tribunal compétant était peut-être celui de Pau.

Il nous faut approfondir cette voie de recherche, et ne pas rester sur des « procès-verbaux lacunaires ».

Donc, Pour comprendre la situation de cette période, de fin de seconde guerre mondiale, nous pouvons aussi lire des comptes rendus de personnes qui se souviennent, et qui eux sont moins « lacunaires », par exemple dans l'article qui suit:

Points d'histoire glanés au cours d'entrevues avec des anciens

Revue "JAKINTZA"
N°73 Janvier 2016

André LARRALDE
Maire de Saint Just Ibarre
en 2019

La deuxième guerre mondiale

Pendant cette période notre commune était en zone libre après l'armistice de 1940, la frontière se situant à Larceveau. De 1940 à 1945 elle a été le passage de certains réfugiés qui fuyaient les Allemands. De nombreux passeurs avaient établi des passages au travers de nos forêts et du Beltxu pour gagner l'Espagne. Certains ont été contraints de gagner l'Allemagne pour réaliser le STO, d'autres ont fui ou se sont cachés durant toute cette période.

Il y a même eu un maquis près de Napal constitué de résistants et de jeunes fuyant le STO qui ont contribué à la libération de Mauléon à la fin de la guerre.

Durant cette période, la vie communale était guidée par les lois de Vichy et de Pétain, les élèves apprenaient l'histoire et les cantiques à la gloire de Pétain. La vie était rythmée dans les années 1944-1945 par les passages des avions des Alliés et ceux des Allemands qui s'affrontaient parfois dans les airs. Un chasseur nazi s'est même écrasé sur la commune en 1944 non loin du bourg ce qui a marqué l'esprit des écoliers qui ont regardé ceci depuis la cour de récréation de l'école communale.

Pour les adultes il y avait les tickets de rationnement et les bons pour le textile. Il fallait des « ausweis » pour franchir la ligne de démarcation de Larceveau et se rendre sur les marchés de Saint-Palais ou de Saint-Jean-Pied-de-Port.

Durant cette période, le fronton s'est effondré en raison d'un fort coup de vent du sud vers 1940. La commune le reconstruisit à l'opposé sur son site actuel en 1944. Pour cela la municipalité dut, afin d'avoir des subventions, aménager les aires de jeux avec des agrès, que les lois de Vichy imposaient pour que les enfants fassent du sport.

Propos recueillis auprès de M. Pierre Haramburu

Lire aussi l'avis de personnes confrontées à des situations particulières comme Pour les fonctionnaires de l'Etat par exemple Pour les militaires de la Gendarmerie: Servir ou désobéir?

Jean-François Nativité a consacré un ouvrage à cette problématique qui voit « la gendarmerie, institution légitimiste et légaliste, déchirée entre son devoir d'obéissance à l'État et son souci d'être au service de la Nation, en une période où la scission entre État et Nation prend de la consistance.

Il faut choisir entre le Maréchal PETAIN et la collaboration avec l'ennemi et la Résistance, Londres et DE GAULLE.

Chaque Gendarme, individuellement, se trouve lui aussi confronté à cette situation inédite, ce qui explique l'éclatement des comportements individuels, attentistes ou engagés, surtout en 1943 et plus encore en 1944 ».

Alors que penser d'étrangers, par exemple espagnol, de confession juive, voir tzigane, coincés entre « le marteau et l'enclume »?

Préface de Jules Maurin in: Nativité Jean-François, Servir ou désobéir? Vendémiaire Éditions, Paris, 2013, 479 pages.

Le document reproduit, ci-dessous, illustre les contraintes auxquelles les unités de gendarmerie se trouvèrent confrontées dans les mois qui suivirent la libération, et que nous avons découvert en faisant nos recherches.

Nous l'avons choisi parce que c'est la Brigade de Saint Jean Pied de Port, Mauléon ou bien Larceveau, celle qui a participé à l'arrestation de grand père sur ordre d'un juge d'instruction de Bayonne, ou du Procureur de la République de Pau.

Source: archives de l'association, aux © **Archives départementales des Pyrénées-Atlantiques**
Saint-Jean-Pied-de-Port, le 29 novembre 1944.

Rapport du maréchal des logis chef AMESTOY commandant la brigade sur l'activité de celle-ci pendant l'occupation.

Durant toute l'occupation le personnel de la brigade a toujours opposé une résistance continue à l'ennemi.

Services exécutés avec la Feldgendarmerie.

Les services exécutés avec la Feldgendarmerie étaient freinés et sabotés dans la mesure du possible,

notamment en matière de circulation et de défense passive en prévenant la population du service projeté ou en conduisant les Allemands dans des endroits où il n'y avait aucune chance de relever des infractions.
Passages de la ligne de démarcation.
De nombreuses personnes ont été favorisées Pour le passage de la ligne de démarcation, notamment 2 jeunes gens originaires de la Seine-et-Oise qui, à la sortie de la gare voulaient prendre directement le chemin de la frontière sans aucune chance de réussir
Collaborateurs. Contrebandiers. Profiteurs.
Une lutte acharnée a été menée avec tout le personnel de la brigade contre les collaborateurs, les contrebandiers et les trafiquants de marché noir sous le couvert des Allemands.
Des P.V. ont été dressés à divers cultivateurs Pour vente à la ferme des veaux et des denrées alimentaires aux troupes d'occupation sans bons de réquisition.
Parmi les plus grosses affaires, on peut citer celles-ci :
-Le 4 avril 1942, le M.D.L. chef Amestoy et le gendarme Destribats ont saisi à Mme. Lartigau de Biarritz une quantité d'œufs et de volailles qu'elle réservait à la clientèle allemande de l'hôtel où elle était employée comme cuisinière. A la suite de cette saisie, Amestoy et Destribats avaient été convoqués à la Feldkommandantur et un officier allemand les avait interrogés plus d'1h de temps chacun.
-Le 3 décembre 1942, le M.D.L. chef Amestoy, les gendarmes Lavielle et Canton avaient saisi dans un autobus de transport en commun 70kg de saccharine transportée en contrebande dans 2 valises. Pour faciliter la saisie, Amestoy avait, à l'insu du chauffeur,

fait disparaître une étiquette portant l'adresse d'une haute personnalité allemande très influente sur la Gestapo, en résidence à Ascarat depuis le début de l'occupation. L'enquête avait permis l'arrestation de 3 trafiquants et ceux-ci n'avaient pu être libérés par les Allemands qu'après 8 jours de détention à la maison d'arrêt de Bayonne.

-Le 22 décembre 1942, le M.D.L. chef Amestoy, les gendarmes Canton et Narbeburu avaient découvert un trafic de devises au profit des Allemands par Erramouspe de Bayonne. Il était porteur de 115.000 pesetas, échangés par lui à des contrebandiers approximativement contre 1.725.000 francs. Erramouspe avait été remis en liberté environ 8 jours après son arrestation sur ordre impératif des Allemands ; les pesetas lui avaient été restituées.

-Le 19 avril 1943, le M.D.L. chef Amestoy, le gendarme Lavielle avaient saisi 177 peaux d'agneau tannées qu'un nommé Roux d'Uhart expédiait à Paris Pour confection d'une canadienne Pour les Allemands. La saisie avait été mentionnée et Roux avait transigé avec la douane Pour 20.000 f.

-Le 2 octobre 1943, les gendarmes Lavielle, Canton et Narbeburu, en service de nuit à Lasse avaient rencontré 3 personnes. L'une d'elles qui avait déjà eu des démêlés avec la gendarmerie Pour exportation de bovins avait abandonné un fusil de chasse et pris la fuite à la vue des gendarmes. Le fusil avait été porté à la brigade et caché au bureau, puis au bout de 8 jours restitué à son propriétaire qui était venu chercher son arme à la brigade à la 3ième convocation.

-Le 29 juillet 1943, les gendarmes Hourquebie et Narbeburu avaient saisi des denrées de contrebande qu'une personne d'Arnéguy transportait à Capbreton Pour un douanier allemand. Dans la soirée, ce douanier avait téléphoné à la brigade Pour que la marchandise soit restituée au propriétaire. N'ayant pas eu satisfaction, le lendemain, il s'était rendu lui-même au bureau du receveur des douanes à Saint-Jean-Pied-de-Port et avait exigé la remise de ladite marchandise. A la suite de ceci, il y avait eu une dénonciation calomnieuse contre la brigade et notamment contre le gendarme Hourquebie aux Allemands.

-le 27 juillet 1944, le M.D.L. chef Amestoy, en service d'ordre à un incendie, ayant refusé d'exécuter les ordres d'un officier allemand avait été bousculé sur 10m par cet officier et par son camarade, tous deux pris de boisson, sans cependant avoir gain de cause. Au cours de ce même incendie les gendarmes Canton et Narbeburu avaient aidé un membre de la résistance locale à déplacer les armes dont le dépôt venait d'être décelé.

Plusieurs autres cas pourraient être signalés, entre autres la saisie par les gendarmes Lavielle et Narbeburu, chez M. Primo de St-Jean-Pied-de-Port de 2.480 paires de chaussettes de provenance espagnole destinées aux Allemands.

Répression de l'exportation.

Tout le personnel de la brigade a participé à la répression de l'exportation de bovins et marchandises en Espagne. C'est ainsi que le 1er novembre 1942, la brigade a saisi une quantité importante de devises et 36 bovins exportés la nuit en contrebande par la montagne en direction de l'Espagne. Les contrebandiers, certains excessivement dangereux, ont été arrêtés au nombre de 22 et écroués à la maison d'arrêt de Bayonne. Ils ont été condamnés à des peines sévères, puis libérés par les Allemands. Leur situation actuelle a été signalée par rapport aux autorités compétentes. Les autorités d'occupation prétendaient que la répression de la contrebande était uniquement du ressort de la douane allemande. D'ailleurs, c'était Pour cette raison que toute action de la gendarmerie avait été interdite sur une zone de 3km de la frontière. Les douaniers français avaient été repliés à 15km à l'intérieur. Malgré tout cela, les douaniers allemands n'ont fait aucune saisie et Pour cause. Une partie du bétail revenait en France Pour les Allemands, et les pesetas échangées par certains individus à leur solde leur servaient Pour acheter du Wolfram, des mulets et autres marchandises qu'ils ne pouvaient pas avoir avec des pesetas.

Réfractaires au Service du Travail Obligatoire.

Depuis la mise en vigueur du S.T.O., la brigade a constitué 18 dossiers de recherches de jeunes gens n'ayant pas obéi aux convocations Pour l'Allemagne. La plupart de ces jeunes gens sont passés en Espagne Pour gagner l'Afrique et beaucoup d'entre eux sont venus dire au revoir à la brigade. Quelques isolés se sont réfugiés dans des fermes isolées où ils n'ont jamais été inquiétés. Ceux qui étaient encore présents chez eux lors de la note les concernant étaient prévenus Pour qu'ils quittent leur domicile avant de reprendre les recherches. C'est ainsi que dans la circonscription de la brigade composée de 9 communes, il n'y a eu que 2 jeunes gens comme travailleurs civils en Allemagne.

L'un était volontaire, l'autre est parti sur désignation d'office, mais ses parents étaient Pour les Allemands. En hiver 1943, 2 militaires de la Feldgendarmerie s'étaient présentés à la brigade Pour se faire accompagner au domicile d'un prisonnier de guerre évadé à Lasse. Le gendarme Narbeburu, désigné Pour les accompagner, les avait conduits à la maison natale du recherché au lieu de les conduire à son domicile réel. De ce fait, les recherches étaient restées infructueuses.
Passages de jeunes gens en Espagne.
Nombreux sont les jeunes gens et officiers de la circonscription et d'ailleurs qui sont passés en Espagne par St-Jean-Pied-de-Port. Tout le personnel de la brigade était au courant de ces passages et au lieu de les interdire, il les favorisait dans la mesure du possible. Des contrôles sommaires étaient faits dans les gares et sur les routes. Les intéressés recevaient des conseils et la plupart du temps étaient dirigés sur 2 membres actifs de la résistance, Muscarditz et Vignerle de St-Jean-Pied-de-Port.
<u>Deux cas à signaler</u>. Au début de l'année 1943, Mme. Vertain Simone, domiciliée 6 rue Pasteur à Paris, a conduit à plusieurs reprises des jeunes gens à St-Jean-Pied-de-Port Pour les faire passer en Espagne. Amputée du bras et habillée en infirmière avec insigne de la légion d'honneur, elle prétendait aux Allemands venir au Pays Basque Pour chercher du ravitaillement et se faire accompagner Pour le transport des marchandises. Par la suite, elle a été arrêtée par les Allemands en même temps que l'interprète de la Kommandantur locale. Les jeunes gens qu'elle accompagnait réussissaient toujours à passer en Espagne.

Dans le courant de l'été 1943, M. Etcheverry de St-Etienne-de-Baïgorry et un camarade avaient un groupe de jeunes gens à passer en Espagne. Venant de St-Palais par l'autobus, ils en étaient descendus à l'entrée de St-Jean-Pied-de-Port, Pour éviter un contrôle des Allemands et s'étaient rendus à travers champs à l'autre extrémité de la ville Pour reprendre l'autobus et continuer leur voyage. Ils avaient été rencontrés par les gendarmes en service de nuit, mais ils n'avaient pas été inquiétés.

Cependant la tâche de la brigade était rendue difficile par la zone réservée et la présence de la Gestapo, installée à demeure à St-Jean-Pied-de-Port.

Vers la fin de l'occupation.

Vers la fin de l'occupation tout le personnel de la brigade a servi d'intermédiaire entre estafettes de la résistance (Pirresteguy, Vignerle, Muscarditz) Pour les rencontres urgentes en vue de transport de plis ou autres.

En dernier lieu la brigade a signalé presque tous les jours à une estafette de la résistance du groupe de Mauléon (Kaki) les occupations de la douane allemande et surveillait tous les départs dans la direction de Larcevaux afin de donner l'alerte aux FFI de Mauléon.

Arrestation des agents de l'ennemi.

Le 21 août 1944, 2 heures après le départ des Allemands de St-Jean-Pied-de-Port, la brigade a procédé à l'arrestation de 3 Espagnols qui se dirigeaient vers la frontière après avoir passé la nuit dans le cantonnement des Allemands. Tous 3 étaient porteurs de plusieurs citations de la division bleue antibolchévique.

Apolonia et Pedro au Pays Basque

Le 25 août 1944, après des recherches mouvementées, la brigade a arrêté un agent de la Gestapo nommé Levasseur, de nationalité française, ayant opéré dans la région de Bordeaux et Bayonne. Âgé de 25 ans, agent très actif, après un interrogatoire serré subi à la brigade, il avait fait des aveux sur ses agissements et ses complices.

Tous les faits énumérés ci-dessus ont été solutionnés avec le concours de tout le personnel de la brigade.

<u>État du personnel</u>. Amestoy Pierre, m.d.l. chef, Lavielle Gratien, Hourquebie Jean-Baptiste, Canton René, Narbeburu Jean-Pierre gendarmes. Ce dernier a reçu les félicitations du colonel commandant la légion en date du 2 novembre 1944 Pour services rendus à la cause de la libération.

© ***Archives départementales des Pyrénées-Atlantiques***

**********/////*********

La lecture de ce qui précède, nous permet d'imaginer un peu la situation dans laquelle se trouvait la famille durant cette période.

Vous noterez que les lieux sont proches de la commune de Saint Just Ibarre, de la brigade de Larceveau, c'est Pour cela que nous avons choisi de vous en faire part.

Elle n'explique pas pourquoi et comment le grand père a été accusé de meurtre, recherché par cette même brigade, amené à Bayonne et incarcéré, et remis 14 mois plus tard en liberté.

Peut-être que la documentaliste des Archives Départementales de Bayonne, Mme Nathalie Béréna, nous apportera des réponses avec ses recherches.

Nous saurons plus tard, car Pour le moment, les résultats sont peu encourageants.
Nous n'avons rien demandé, on ne nous a rien dit !

Néanmoins, une chose est sure, la famille a été humiliée, marquée d'infamie, parce qu'elle était d'origine espagnole, pas instruite suivant les canons français de l'époque, car rien ne dit que son éducation espagnole n'était pas correcte.

La famille a, néanmoins, été suivie de près par les autorités françaises qui font de la
« Chasse aux étrangers », elle vit bien difficilement, et avec la peur.
Ainsi nous apparaît notre ancêtre et la famille à l'époque.

********///***///******.

« *La paranoia que hay hoy dia contra el inmigrante es una manifestacion de racismo* »

Mario Vargas Llosa.

Espagne : **Carabiniers** d'**Espagne** (Carabineros del Rey - España), corps armé chargé de la surveillance des **frontières** et **des côtes**, de la fraude et de la contrebande ; créé en 1829 et intégré à la garde civile espagnole après la guerre civile et lors de l'installation de la Dictature Franquiste en 1940.

Pourquoi s'intéresser spécialement à cette formation militaire, à ce moment de nos recherches ?

C'est que nous rentrons de notre séjour au pays des ancêtres, à Trabazos, Provincia de ZAMORA, Castille y Léon en Espagne, avec les cousines et cousins.

Solange trouve que si l'arrière-grand-père était ainsi sur son cheval : quelle prestance ! Patricia le trouve très beau!

Cette curiosité nous a été inculquée lors de notre entretien, très sympathique, avec le secrétaire du Registre Civil à l'« Ayuntamiento de Trabazos ».

Ce brave homme, s'est rappelé, récemment, avoir fait des recherches sur Pedro DEL CAMPO-CHIMENO.
Après avoir vu le document que nous lui avons présenté, il a reconnu son travail, et il est aussitôt aller chercher le registre civil de l'époque, dans les réserves de l'Etat Civil.

Il nous a lu le document que nous avions des difficultés à déchiffrer, et nous a commenté la situation.
« El Padre » de Pedro Del Campo, « vuestro abuelo » seul à être né à Trabazos, était « Carabinero del Rey ».
C'est ce qui est écrit sur le registre qu'il est en train de nous lire.
Grand-père Pedro Del Campo on ne sait pas, mais son père lui est Carabinero del Rey.

El Carabinero vivait en garnison et restait peu de temps dans le même endroit, c'est ce que nous commente le secrétaire du Registre Civil de Trabazos.
Comme les gendarmes ou les douaniers en France, ou certains fonctionnaires!

Martin DEL CAMPO, né à Calabor, à la frontière entre le Portugal et l'Espagne était « Carabinero del Rey ».

C'était le père de Pedro Del Campo-Chimeno et il ne restait pas longtemps au même endroit, car statutairement les Carabineros devaient changer d'affectation au bout de trois à cinq ans.

Apolonia et Pedro au Pays Basque

357 LE PERTHUS (Pyr.-Or.) - Poste des Carabiniers Espagnols

C'est l'information majeure que nous avons apprise à Trabazos, ville de naissance de Pedro Del Campo-Chimeno, grâce à un secrétaire d'Ayuntamiento extrêmement aimable.

Ce brave homme nous conseille d'aller à Calabor.
C'est le lieu de naissance de Martin Del Campo et de son épouse Geronima CHIMENO.
Il nous conseille sur la route à suivre Pour se rendre à Calabor.

Chauffeur et passagers pourront vous raconter l'épopée!!!

Ah, les routes espagnoles et portugaises de montagne.
Une fois c'est quelque chose !
Et le changement d'heure entre l'Epagne et le Portugal! une heure! il faut garder une montre à l'heure Française, la même qu'en Espagne.

Mais plusieurs fois en quatre jours, cela devient une épopée souvenir...

En effet, c'est à travers la montagne, ses routes qui tournent, ses châtaigneraies, ses bois, ses cailloux que nous rejoignons CALABOR, avec Pour objectif: un, le cimetière ; deux, l'ayuntamiento.

Sachant à l'avance, sur les conseils du secrétaire de mairie de Trabazos que nous ne trouverons rien puisque l'Etat Civil est regroupé à « PEDRALBA de La PRADERIA » pour les petites communes de montagne du coin

.

Ce sera l'étape suivante de nos recherches que nous entreprenons entre cousines et cousins.

Un vrai bonheur, un vrai voyage touristique, une rencontre riche et intance avec la famille, Françoise, Patricia, Solange, Michel et Emile.

Apolonia et Pedro au Pays Basque

En attendant, sous le soleil et un vent froid, nous grimpons vers l'église et le cimetière de Calabor à la recherche des ancêtres.

Sur l'annuaire téléphonique ils sont très nombreux!!!

Au cimetière aussi: Del Campo par-ci, Del Campo par-là, puis Chimeno.

Nous sommes dans le berceau de la famille, comme nous l'indiquait ce très brave secrétaire de mairie de Trabazos, Ricardo GARCIA-PERTEJO.

Après un tour du village, des rencontres avec des descendantes de Del Campo, nous donnent des informations sur leurs ancêtres à elles, aujourd'hui décédés, qui à Cuba, qui à Buenaventura où l'Argentine, voir à Calabor.

Nous goutons au passage le célèbre « raisin de Noah », celui qui rends « fou » quand on fait du vin avec : « le vin d'aitatxi à Ibarre ! ». Grand-père Pedro a quand même vécu jusqu'à 80 ans en buvant de ce vin.

Apolonia et Pedro au Pays Basque

Quant au raisin, selon Michel et Solange, je confirme, il a bien le gout du « Noah »de la treille du jardin de grand-père à Ibarre.

La vielle vigne de raisin de "Noah" du jardin d'IBARRE
Antonia GONI et Pedro DEL CAMPO

CALABOR Provincia de ZAMORA - Castille y Leon - Espagne

Apolonia et Pedro au Pays Basque

Un village pauvre, au creux du vallon, où la grande majorité des maisons est entretenue, mais beaucoup sont des ruines à vendre.

De toute évidence ce village a eu sa période faste, puisqu'il est sur la route des mines d'argent, et des eaux curatives, des romains et des visigoths.

Pour se faire une idée de la région d'origine de Martin Del campo et Geronima Chimeno, autant lire dans la langue de Cervantes ce qui suit:

CALABOR es sinónimo de naturaleza salvaje, tranquilidad reparadora y sobre todo de aguas curativas.

Enclavado como un cruce de civilizaciones, y de difícil acceso, la aldea está situada entre dos Parques Naturales que delimitan dos históricas regiones.

Al norte la comarca de Sanabria y al sur la región de Trás-os-montes.

Dos villas que nos flanquean con sus fortalezas que denotan su impronta del pasado.

La diversidad de especies caracteriza a este ecosistema situado en el mismo límite entre la zona húmeda y la templada.
Bosques de castaños y robles conviven con la mayor población de lobos de Europa Occidental.
Una zona inhóspita que nos acercará a un medio supeditado a las leyes de la naturaleza. Recorriendo pequeñas aldeas entre cascos históricos levantados sobre antiguos asentamientos castrenses, iremos descubriendo vestigios que nos han ido dejando las culturas celtas, los conventus romanos, la influencia de los pueblos germánicos y el marcado carácter de frontera que siempre ha mantenido esta zona.

HISTORIA

 Una de las razones que motivaron el asentamiento de distintas civilizaciones en una zona tan aislada de los grandes núcleos urbanos de la época, fue su riqueza en minerales (estaño, cobre, oro, platino), que se usaban para la elaboración de monedas, enseres domésticos y armas.
En Calabor, esta riqueza del subsuelo ha sido un activo a lo largo de su historia y tiene su mayor exponente en un capricho generoso de la naturaleza: el afloramiento en roca viva de sus aguas minero-medicinales.

La aldea de Calabor se constituyó como tal bajo la influencia de los romanos en la Península, aunque también existen indicios de que los celtas y los íberos habitaron en ella.

Los romanos, grandes aficionados a los baños termales y al cuidado de la salud, encontraron sus aguas tan beneficiosas que incluso en aquellos tiempos las exportaban a distintos puntos de Europa.

Siglos después, los visigodos acuñarían monedas o tremis de oro en la Ceca que habían creado en Calabor, por aquel entonces denominado CALAPAX.

El destino de la aldea siempre siguió ligado a la explotación de sus aguas, y ya en el siglo XVII hay constancia de distintas edificaciones en las inmediaciones de los manantiales para la acogida de viajeros que decidían peregrinar a Calabor a tomar los baños.

Así, una Real Orden de 14 de diciembre de 1887 declarará las aguas minero-medicinales de Calabor como aguas de utilidad pública por sus propiedades curativas para la salud tanto en forma de baños como de bebida o pulverizaciones, y en breve comienza la edificación de un balneario decimonónico para poder albergar a los afortunados visitantes que pudieran disfrutar de una estancia con sus instalaciones que nos trasladan a otra época.

En los accesos se disponía de una cochera destinada a aparcar sus coches de caballos y más **tarde à motor, cruzando un puente se accedía al** edificio principal que disponía de su zona de baños dispuesta con sus pilas de mármol y granito y acompañada de un servicio médico que se hacía cargo de la adecuada utilización de las aguas.

Un amplio salón serviría de reunión para sus ilustres visitantes que se entretendrían con el sonido de la pianola que les acompañaba y que también sería usada para solemnizar los actos litúrgicos que tenían lugar en la capilla del mismo Balneario.

Al comprobar el efecto de las aguas los propios bañistas empezaron a demandarla en sus lugares de origen.
Así empezaron a venderse las aguas de Calabor en farmacias como producto medicinal con reconocidos beneficios para enfermedades del riñón, digestiones pesadas y diversas enfermedades nerviosas y de la piel, ganándose un gran prestigio y expendiéndose en distintos puntos de España y del extranjero.

Desde su sillería romana a pie de manantial para tomar los baños hasta el trasiego de sus botellas lacradas y selladas para su uso en bebida, las aguas de Calabor han sido testigos de la admiración de gentes atraídas por la energía y vitalidad de las mismas, hasta llegar a ser un signo de salud y distinción en nuestros hábitos de vida actuales.

Todavía hoy Calabor se presenta como un elemento natural, y su carácter terapéutico confiere a las aguas de Calabor un valor añadido que las hace únicas.

LA EMPRESA: FILOSOFÍA Y COMPROMISO

Apolonia et Pedro au Pays Basque

En el Balneario de Calabor, somos conscientes de la responsabilidad que tenemos al recibir este legado de la historia.

Es por ello que la principal premisa de esta empresa es seguir haciendo valer las cualidades de sus aguas y mantener su estado original.

Para ello un equipo de profesionales realizan sus tareas paso por paso, con gran seriedad y responsabilidad, por el trabajo bien hecho.

Calabor, un lugar donde los valores cualitativos prevalecen sobre los cuantitativos.

Voilà! Pas trop dur la traduction? C'etait quand même mieux en „castellano"!

********///********

Voilà de quoi se faire une petite idée du village de naissance de l'arrière-grand-père Martin DEL CAMPO et l'arrière-grand-mère Jeronima CHIMENO, parents de Pedro DEL CAMPOCHIMENO, notre Grand-père qui a émigré avec la famille en Navarre Française en 1921.

Reste que pour les arrières-grands-parents, nous n'avons pas encore réussi à trouver leurs dates de naissances, vers 1800, pour confirmer les filiations dans notre recherche.

Nous n'avons pas toutes les réponses à nos questions. Les aurons-nous un jour?

Va savoir…

Comme c'est écrit dans la chanson: **« je crois que nous avons fait un beau Voyage! »**, en Espagne et au nord du Portugal c'est sûr, dans nos têtes nous sommes en plein voyage chacun à notre façon.

Mais c'était super!

Néanmoins, une chose est sure, nous avons beaucoup progressé sur la connaissance historique de l'Espagne. Elle est un peu de nous-même, et fait partie de notre métissage.

Quel « Melting pot »!

*******///*******

Chers lectrices et lecteurs ce soir se sera la **« Saint Sylvestre 2019 »** et nous allons entrer dans 2020 pour de nouvelles aventures.

Celle-ci, pour le moment, se poursuit dans la bonne humeur et l'espoir d'avoir appris des choses sur la vie des ancêtres.

*********/////*********

Et voilà! le tour est joué! Il ne faut plus qu'attendre l'année prochaine 2020…

Nous y sommes! **Janvier 2020**, plus précisément le **06 janvier 2020**, nous attendons le facteur sans espoir, mais pour la forme, entretenir la flamme, car, bien évidemment, il est bien trop tôt pour avoir une réponse des militaires après les fêtes de fin d'année.

Aux « Cortes », le Parlement Espagnol, a lieu le débat sur l'investiture de **Pedro SANCHEZ**, le leader de l'union de la gauche avec **« Unidas Podemos »** de Pablo **IGLESIAS** qui présentent un gouvernement de coalition.

Un événement pour moi qui suit attentivement cette approche politique, puisque je vote en Espagne pour les Députés et Sénateurs.

C'est un retour aux idéaux de 1936, avant le coup d'Etat des militaires et la dictature Franquiste avec son cortège d'exactions.

Le Parlement est très électrique avec l'arrivée de «VOX» au côté du Parti Populaire de Casado, « PP » et « Ciudadanos » de la señora Arimada.

Toute la Droite et extrême Droite qui se montrent sous leur vrai jour, hurlant et vociférant dans le parlement, il faut le voir pour le croire.

La TV-Espagnole retransmet en direct.

Ils n'en peuvent plus et remettraient bien le « coup d'état » à l'ordre du jour, tellement leurs discours sont violents et explicites.

Ils ont perdu les cinq dernières élections, dont deux nationales en un an, malgré leur complaisance vis-à-vis de l'extrême droite qui reprend les vieux poncifs fascistes de la dictature et se réinstallent dans le paysage politique espagnol.

En fait, ils n'avaient jamais disparu, et l'idéologie fasciste est toujours là, tout comme en France.

*******/////******

Aujourd'hui, 07 janvier 2020, est un jour très important pour nous, pour moi en particulier, bon, le facteur est passé sans apporter de nouvelles, néanmoins la nouvelle d'Espagne est là sur l'écran de la TV-Espagnole: **« El candidato socialista formará con Unidas Podemos el primer Gobierno de coalición del actual periodo democrático »,** après le vote des députés aux Cortes.

Je pense très fort à Grand-père Emilio COLLADO-MEDINA d'Oreillana La Vieja, et tonton juan, COLLADO-SAEZ du côté paternel de Daniel et Emile COLLADO-DEL

CAMPO, que nous n'avons pas connus puisque nous sommes nés après-guerre.

Ils ont été fusillés par les fascistes.

Ils reposent dans le mausolée au cimetière d'Oreillana la vieja en Estrémadure depuis l'ouverture de la fosse commune, avec la loi sur la Mémoire Historique de Zapatero en 2007.

Cet événement au Cortes ne fait pas l'unanimité, tant les fascistes refusent de voir la vérité en face.
Ils pensent pouvoir revenir sur le devant de la scène comme sous la dictature de Franco.

Ce nouveau gouvernement du 07 janvier 2020, après les dernières élections des Cortes, revient à la volonté du peuple espagnol qui avait élu la seconde République en 1936, avant la mise à mal par le coup d'état militaire et le franquisme.

Mais tout ceci est une autre histoire familiale du côté paternel de la famille COLLADO-SAEZ, notre père à Daniel et Emile COLLADO-DEL CAMPO.
Mais c'est aussi un signe pour l'enquête actuelle qui fait l'objet de ce récit.

Les Archives secrètes vont bientôt être ouvertes!

Si on retrouve ces Archives! Car le comportement de certains généraux d'aujourd'hui, en 2020, quand nous connaissons leurs agissements, par exemple la destruction ou le camouflage d'Archives, on peut se demander comment savoir?

Bref! A suivre... Il semble que la justice est en marche...

********//////******

Aujourd'hui, 10 janvier 2020, l'ordinateur vient de «twitter»!

Les dernières nouvelles d'Espagne du journal « **El Pais»** El periodico global, que je consulte régulièrement :

Le Président Pedro SANCHEZ présente le nouveau gouvernement de coalition, avec Podemos, de Pablo IGLESIAS, issue des dernières élections.

«Este es el nuevo Gobierno de Pedro Sánchez. El presidente ha dibujado un Ejecutivo formado por 4 vicepresidencias y 17 ministerios».

Apolonia et Pedro au Pays Basque

El primer Gobierno de coalición en España de la etapa democrática que se abrió en 1978 estará formado por cuatro vicepresidentes y 18 ministros. Esta es la composición del nuevo Ejecutivo:
Source: https://elpais.com/ - copie d' Ecran actualitas España.

Un très grand moment pour les démocrates face aux extrémistes de droite et extrême-droite, aux fascistes, en embuscade, car l'idéologie fasciste, tout comme en France, est toujours présente, et profite de la démocratie pour ce faire entendre.

Un très grand moment pour moi de voir cela, et je pense à mes grands-parents d'Oreillana La Vieja mort pour la Liberté et la démocratie il y a plus de 70 ans que je n'ai pas connu.

Devoir de Mémoire et Résilience familiale!

********////|*******

Mais en 2020, année nouvelle, un émail des Militaires de Segovia en Espagne, est arrivé dans la boite à courriel.

«Este mensaje ha sido enviado por un sistema automático que descarta respuestas. Por favor, en el caso de requerir respuesta, utilice el procedimiento que corresponda».

Un fichier au format « PDF » est joint. Il nous faut l'ouvrir pour le lire et l'enregistrer dans les documents de recherche pour la famille.

Bien! Ami(e)s qui lisaient, vous avez bien compris la situation. D'abord une bonne reconversion pour l'utilisation d'internet, des ordinateurs et des logiciels à utiliser.

Puis, une révision sérieuse de l'espagnol, car il nous faut traduire pour comprendre.

Notre moral est dans les « chaussettes »!

Nous n'avons pas obtenu les **« Expediente Militar »** de grand-père Pedro DEL CAMPO-CHIMENO, et non plus celui de l'arrière-grand-père Martin DEL CAMPO, père de Pedro, tous les deux ayant officiés chez les **«Carabineros ».**

Le plus surprenant étant qu'ils ne retrouvent pas de traces de ses personnes ni au Ministère des Armées à Guadalajara, ni à Segovia.

Que faire? Comment savoir leurs parcours militaires? Comment peut-on dire qu'il n'y a pas de trace de personnels militaires ayant servi l'Espagne durant un certain temps?

Cela en dit gros de l'état des Archives militaires!

Ont-elles été détruites?

Comment? Pourquoi?

15 janvier 2020, la réponse à ce questionnement arrive par Internet sous la forme d'une suite de recherches à notre demande en « Castellano » du « 04 diciembre 2019 ».

L'Officier fait des propositions à la suite des réponses négatives qu'il avait émises dans son E-Mail précédant.

Il nous laisse donc, dans un « vide » de recherche pour le moment !

Peut-être que plus tard nous saurons quelque chose! Va savoir! Espérons!

Question: Ils avaient des pensions ces anciens militaires? Pas de réponse!

Ont-ils fait l'objet de sanctions disciplinaires? La question posée au Ministère des Armées, service juridique a donné une réponse négative.

Comme dit la cousine Françoise: « Nous avons quand même des informations! » C'est vrai. Les réponses mêmes négatives sont des informations.

Comment comprendre le départ d'Espagne pour vivre en France des grands parents?

La commune de Lantz que nous avons sollicitée, à ce jour, ne nous a pas envoyé l'acte de naissance littéral de Firmin et José DEL CAMPO-GONI.

Nous devons les relancer et demander l'acte de naissance littéral de « Anunciation » née à Lantz et décédée en bas âge, comme nous le dit tante Odette.

Encore une découverte pour nous qui rédigeons cette histoire mémorielle!

Nous n'avons pas de nouvelle de la Chercheuse responsable du « registre religieux » d'avant 1870, pour les actes de naissance littéral et acte de mariage des arrières grands parents, parents de Pedro DEL CAMPO-CHIMENO de Calabor, province de Zamora.

Nous restons dans l'attente de nouveaux documents pour confirmer ce que nous savons.

Nous allons saisir les organismes que nous recommande l'officier de Guadalajara et qui concernent les « Carabineros »

Au travail …! Comme disent Françoise et Michel.

«D'accord, tout est dispatché dans des services différents. C'est déjà bien qu'on t'oriente ». Bisous.

L'Inspecteur « VITOS » est encourageant aussi. Alors haut les cœurs!

Il nous faut reformuler nos demandes d'«Expediente Militar » des «abuelo »!

Ce que nous faisons en utilisant les adresses emails qui nous ont été communiqués par les militaires :

Sujet : Buscar expedientes militars de my abuelos: Don Pedro DEL CAMPO-CHIMENO y Don Martin DEL CAMPO, carabineros.
De : "emile.collado" <emile.collado@orange.fr>
Date : 16/01/2020 à 20:53
Pour : destinataires inconnus: ;

Hola,

Somos abuelos con nietos que investigan sobre sus antepasados.

Descubrimos que nuestro abuelo y bisabuelo fueront "Carabineros del Rey", en España, en Trabazos, en la provincia de ZAMORA, y en ultzama en la provincia de NAVARRA.

Nuestras solicitudes de un ejemplar del
"Cuaderno Militar"; al Ministerio de Defensa en Guadalajara no tuvieron éxito, ni tampoco en Segovia.

El Director del Archivo Militar de Guadalajara, cree que para el Carabinero antes de 1905, es necesario buscar en otra parte, y nos ha ayudado dándonos varias vias posibles, incluyendo la suya.

También le pedimos que busque documentos sobre:

**Pedro DEL CAMPO-
CHIMENO**, nacido en Trabazos, provincia de Zamora, el **29 de junio de 1883**, y que fue carabinero en Navarra, al menos

Martin DEL CAMPO, su padre que se reporta "Carabinero del REY"; en **1883** en **TRABAZOS** cuando nació Pedro.

Martin nació en Calabor, provincia de Zamora, pero no sabemos cuándo.

Suponemos que alrededor de los años 1850 y 1860.

Gracias por ayudarnos en su investigación genealica, tan importante para nosotros, los descendientes.

Sinceramente.

Emile COLLADO-DEL CAMPO

Au Village

32110 Cravencères

France   Email : emile.collado@orange.fr

Sujet : Orientación Búsqueda
De : <cdmh@cultura.gob.es>
Date : 17/01/2020 à 09:33
Pour : <emile.collado@orange.fr>

Estimado Sr. Collado,

En este Centro no conservamos documentación tan antigua relativa a los carabineros, la documentación que custodiamos pertenece principalmente al Bando Republicano durante la Guerra Civil Española y a la represión posterior.

El Cuerpo de Carabineros fue un cuerpo armado español cuya misión era la vigilancia de costas y fronteras, y la represión del fraude fiscal y el contrabando. Fue creado en 1829 y tras la Guerra civil, en 1940 fue integrado en la Guardia Civil. Su dependencia orgánica oscilará entre Hacienda e Interior, por lo que le recomendamos que solicite información en los siguientes centros:

ARCHIVO GENERAL DEL MINISTERIO DEL INTERIOR
C/ Amador de los Ríos, 7. planta baja (despacho 080). 28071 Madrid.
Información General: 915 371 540
Información consulta y búsqueda de fondos: 915 371 742
Fax: 915 371 312
archivogeneral@interior.es
http://www.interior.gob.es/es/web/archivos-y-documentacion/archivo-general-sistema/sistema-archivistico/archivos/archivo-general

ARCHIVO CENTRAL DEL MINISTERIO DE HACIENDA
c/ Alcalá, 9 - Planta Baja. 28071-Madrid
Teléfono: 91 595 5796

Atentamente,

Departamento de Referencias
Centro Documental de la Memoria Histórica
Ministerio de Cultura y Deporte
C/ Gibraltar, 2
37008 Salamanca (Spain, EU)
Fax: (34)923264730
Tfno.: (34)923212535 (atención de referencias de 9:00 a 11:00 h.; preferiblemente por escrito)

Sujet : RE: Buscar expedientes militars de my abuelos: Don Pedro DEL CAMPO-CHIMENO y Don Martin DEL CAMPO, carabineros.
De : ARCHIVO GENERAL MILITAR DE AVILA <archivomilitaravila@et.mde.es>
Date : 17/01/2020 à 08:44
Pour : emile.collado <emile.collado@orange.fr>

Se informa que en este Archivo se custodia documentación relativo al periodo de la Guerra Civil Española (1936-1939). No existiendo documentación al periodo que Usted solicita.
Atentamente.

ARCHIVO GENERAL MILITAR DE ÁVILA
C/ Vallespin , 19
05001-ÁVILA
Telf. 920 352 521
Fax 920 252 251
archivomilitaravila@et.mde.es

Apolonia et Pedro au Pays Basque

Sujet : Consulta sobre carabineros.
De : <lorena.cabello@cultura.gob.es>
Date : 21/01/2020 à 13:34
Pour : <emile.collado@orange.fr>
Copie à : <aga@cultura.gob.es>

Sr. Emile Collado,

En respuesta a su consulta con número de registro 00274 del 17 de enero de 2020 Le comunicamos que este *Archivo General de la Administración (Alcalá de Henares, Madrid)* no custodia expedientes personales de Carabineros sino los expedientes de clasificación y ordenación de pensiones de jubilación de funcionarios. Consultados los instrumentos de descripción correspondientes a dicha documentación, transferida en diferentes épocas por la Dirección General de Costes de Personal y Pensiones Públicas, no ha sido localizada ninguna referencia documental sobre el apellido "del Campo".

Para la localización de los expedientes personales de carabineros le aconsejamos contacte con el Archivo General Central del Ministerio de Hacienda, por depender inicialmente dicho cuerpo del citado Ministerio. Ponemos a su disposición sus datos de contacto:

Archivo General Central del Ministerio de Hacienda y Administraciones Públicas
C./ Alcalá, 9
28071 Madrid
Tfno.: 91 595 86 64
E-mail: archivo.general@hacienda.gob.es

Finalmente, podría proseguir su búsqueda en el Archivo General del Ministerio del Interior, ya que, según nos consta, dicho cuerpo quedó incorporado en 1940 a la Guardia Civil. Sus datos de contacto son los siguientes:

Archivo General del Ministerio del Interior
C./ Amador de los Ríos, 7, planta baja (despacho 080)
28071 Madrid
Tfno.: 91 5371540
E-mail: archivogeneral@interior.es
Web: http://www.mir.es/MIR/PublicacionesArchivo/Archivo/

Sección Guardia Civil, Archivo General del Ministerio del Interior
C./ Guzmán el Bueno, 110
28003 Madrid
Web: http://www.guardiacivil.es/es/servicios/consultaarchivocentral/index.html

Igualmente, para la localización del *Boletín Oficial de Instituto de Carabineros* le recomendamos que dirija su consulta a la Biblioteca Nacional de España (Madrid) y Biblioteca Central del Ministerio de Hacienda (Madrid)

Atentamente, le saluda,

Lorena Cabello Ibáñez
Técnico de Archivos
ARCHIVO GENERAL DE LA ADMINISTRACIÓN. Departamento de Referencias.
C/Paseo de Aguadores, 2. CP: 28804. Alcalá de Henares (Madrid)
correo: lorena.cabello@cultura.gob.es
teléfono: 91-83599-10

Aujourd'hui, **21 janvier 2020,** est un jour très spécial pour moi, que je vous invite à partager, car j'écris depuis l'hôtel, à Paris, Porte de Bagnolet, où j'ai fait le déplacement grâce à Yvonne et Vivi HADJAH, amis de longue date qui m'ont prévenu.

Je suis à Paris, au Père Lachaise pour honorer la mémoire de mon copain de 40ans passés, **Jacques Foix de Belcour,** copain de classe et de football d'Albert Camus, car ils habitaient le même endroit à Alger.
Ils étaient à la même école, et les parents de l'un et l'autre se fréquentaient et se rendaient des services de voisinage.

Avec Jacques, nous avons dirigé ensemble durant cinq ans le collège Albert Camus de Rosny- sous-Bois dans le 93, comme on dit avec condescendance.

Ensemble avec Solange, plusieurs années de suite, nous avons visité l'Autriche, la Carinthie en particulier, puis Salzbourg, Vienne, Graz, Klagenfurt, pays de son épouse Erika décédée il y a plusieurs années.

Jacques nous avait accompagné au Mémorial de Mauthausen où Emilio COLLADO-SAEZ notre père à Daniel et Emile COLLADO-DEL CAMPO fut déporté.

Beaucoup de souvenirs sur Alger où il avait débuté sa carrière, à cause de mon reportage photo fait à Alger avec Solange et nos amis Nadir et Sadry Guita qui nous accueillaient. Nous n'irons pas sur les traces de Albert Camus ensemble, comme nous aurions aimé le faire.

C'était un copain délicieux avec qui je passais de bons moments.

Il connaissait nos recherches familiales dont nous parlions au téléphone, avant qu'il soit hospitalisé, après une chute dans son immeuble.

Une page de vie se tourne, il ne verra pas l'œuvre mémorielle lui qui avait des ancêtres andalous.

mais la vie continue avec un coup de téléphone sur la route du retour de la capitale vers le Gers: « Tu viens d'avoir un email d'Espagne ! », les archives à la recherche des Carabineros.

J'ai le temps de réfléchir durant la route. Il y a encore 680Kms à faire.

Aujourd'hui, 24 Janvier 2020, je consulte le fameux E-Mail!

C'est comme chaque fois avec les militaires.

Ils suivent très attentivement l'affaire, conseillent, et surtout, n'oublient pas de demander que les formulaires adéquates soient récupérés sur internet, rempli suivant les formes et renvoyés pour que la recherche avance. Alors au travail!!!

Sujet : RE: Buscar expedientes militars de my abuelos: Don Pedro DEL CAMPO-CHIMENO y Don Martín DEL CAMPO, carabineros.
De : archivogeneral <archivogeneral@interior.es>
Date : 22/01/2020 à 10:05
Pour : emile.collado <emile.collado@orange.fr>

Estimada Sra. Dña. Emile Collado Del Campo:

Con relación a su petición por la que interesa la información existente sobre sus familiares **D. Pedro Del Campo Chimeno** y **D. Martín Del Campo**, con entrada en este Archivo General el día 21 de enero de 2020 y con número de registro 73, adjunto remitimos el modelo de solicitud, **anexo III**, que debe enviarnos debidamente cumplimentado y firmado, junto con la fotocopia de su carnet de identidad/pasaporte, por **correo postal**, a la siguiente dirección:

Secretaría General Técnica del Ministerio del Interior
Archivo General
C/ Amador de los Ríos nº 7
28071 Madrid.

No olvide su número de teléfono por si nos tenemos que poner en contacto con usted.

Si usted dispone de **firma electrónica** puede formalizar su consulta a través de la Sede electrónica del Ministerio del Interior (**Sede electrónica/ Procedimientos y servicios electrónicos/Archivo General/Acceso y consulta de documentos:** https://sede.mir.gob.es/opencms/export/sites/default/es/procedimientos-y-servicios/archivo-general/index.html).

Así mismo, le comunicamos que para efectuar cualquier búsqueda entre los fondos documentales, sería conveniente que aportara, si dispone de esa información, además del nombre y apellidos de la persona de la que solicita la búsqueda, todos los datos biográficos que conozca (hijo de __ y de __, fecha y lugar de nacimiento, carrera profesional, o si perteneció a algún Cuerpo, fecha en que ingresó, lugares donde estuvo destinado, etc.), a fin de maximizar las posibilidades de resultado positivo en la búsqueda.

Igualmente, añada la fecha de fallecimiento, ya que como Vd. sabe, la legislación española establece algunas limitaciones a la consulta de datos personales, hasta 25 años más allá del fallecimiento o, en otro caso, adjuntar algún documento que acredite su grado de parentesco (libro de familia u otro documento) y el certificado de defunción.

Por último, se le informa que hasta que no formalice y presente su solicitud en los términos que se le han indicado, no se iniciará ningún procedimiento a efectos de resolución y notificación.

Atentamente,

ARCHIVO GENERAL DEL MINISTERIO DEL INTERIOR
C/ AMADOR DE LOS RÍOS, Nº 7
28071 MADRID
TEL.: 91 537 17 40 - 17 42
FAX: 91 537 13 12
archivogeneral@interior.es

Nous voilà à la recherche de « anexo III » sur le site du Ministère de l'intérieur Espagnol, et une fois rempli le document, nous devons l'envoyer « por correo postal, a la siguiente direction: Secretaría General Técnica del Ministerio del Interior Archivo General, C/ Amador de los Ríos nº 7, 28071 Madrid. » avec les documents justificatifs: N° de passeport, acte de naissance du grand père, de la ma mère, de la tante, le tout pour avoir des dates pour aider à la recherche.

Pourvu que ça marche!!!

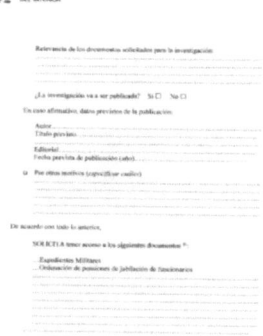

Le courrier vient d'être posté, il faut maintenant attendre les résultats de la recherche des spécialistes du Ministère de l'Intérieur Espagnol.

Nous allons conjointement essayer la procédure directe par internet. Par cette voie aussi nous allons peut-être avoir des résultats.

Tentons le coup et nous verrons bien. A suivre…

Les jours se suivent, et les nouvelles tombent!!!

Il fallait bien qu'il y ait des retours aux divers Emails.

Devinez, vous qui suivez avec minutie, intérêt, le déroulement de cette enquête, ce qu'il nous arrive !

Rien! par la poste. Tout sur Internet!

Eh bien oui! Les Archives Départementales, site de Pau, viennent de retrouver le dossier d'étranger de Pedro DEL CAMPO.

Apolonia et Pedro au Pays Basque

Nous allons pouvoir progresser dans la connaissance du grand père, de son incarcération, sa remise en liberté.

Enfin de nouveau fait. Lisez le mail qui suit :

Sujet : Réponse - Demande d'aide et de recherche à Mme DELEUX Caroline...!
De : archives <archives@le64.fr>
Date : 23/01/2020 à 16:53
Pour : emile.collado <emile.collado@orange.fr>

Affaire suivie par : Elisabeth GUCHAN DGATEVE SDA
Téléphone : 05 59 84 97 60
Email : archives@le64.fr

Référence : DGATEVE SDA-2020-01-21-1200

Objet : recherche généalogique, dossier d'étranger

Monsieur,

En réponse à votre demande du 25 novembre, je vous informe que les recherches effectuées ont permis d'identifier le dossier d'étranger de Pedro DEL CAMPO conservé aux Archives départementales des Pyrénées-Atlantiques, site de Pau, sous la cote **1068 W 71**.

Comme l'intéressé est décédé depuis plus de 25 ans (1967), ce dossier est immédiatement communicable. Vous pourrez prendre connaissance du procès-verbal des faits de meurtre d'un ressortissant espagnol en 1944 pour lequel votre aïeul a été incarcéré et libéré par manque de preuves.

Je vous invite à venir le consulter en salle de lecture de Pau (boulevard Tourasse). Les Archives sont ouvertes au public du lundi au jeudi de 8 h 45 à 12 h 30 et de 13 h 30 à 17 h 15.

Pour établir votre fiche de lecteur, une pièce d'identité ainsi qu'une photographie d'identité vous seront demandées.

Je vous rappelle que l'accès aux documents est gratuit ; en revanche, les photocopies sur ces registres ne sont pas autorisées. Par ailleurs, l'usage d'appareil photographique sans flash est toléré.

Je vous prie d'agréer, Monsieur, l'expression de mes salutations distinguées.

Pour le Président du Conseil départemental et par délégation,
le directeur des Archives départementales
Jacques Pons

Mélissa FEDDAL
Assistante administrative
Archives départementales
PYRENEES-ATLANTIQUES DGA Territoires, Éducation et Vivre ensemble,
Direction Culture, Jeunesse, Sports
www.le64.fr Tél : 05 59 84 97 60

Département des Pyrénées-Atlantiques
Hôtel du Département 64 avenue Jean Biray 64 058 Pau cedex 09

Nous prenons rendez-vous avec le Centre Départemental des Archives à Pau:

Mme Caroline DELEUX,

Grand merci pour le travail accompli. Nous avançons.
Nous viendrons, Mercredi 29 janvier 2020, à Pau, pour consulter votre dernière trouvaille, sur Pedro DEL CAMPO conservé aux Archives départementales des Pyrénées-Atlantiques, site de Pau, sous la **cote 1068 W 71**, *et qui je l'espère, va nous apporter des réponses à nos questions. Concernant ma mère, Jesusa, Michaela, gracieuse DEL CAMPO, j'ai sollicité tous les organismes que vous m'aviez indiqué dans votre émail.*
Je n'ai pas de succès dans cette recherche : tous m'ont fait des réponses négatives, y compris en Allemagne.
Il faut donc que je trouve d'autres informations qui puissent nous guider vers d'autres voies de recherche.
Merci pour votre aide.
A mercredi, peut-être, à Pau. Cordialement
Emile COLLADO-DEL CAMPO

********///|********

Oui ! vous avez bien lu. Nous menons de front la course avec plusieurs lièvres !

En effet, nous profitons de nos visites aux archives pour rechercher, aussi, des informations sur Gracieuse DEL CAMPO-GONI, mère de Daniel et Emile COLLADO-DEL CAMPO.

Elle est la sœur ainée de Antoine DEL CAMPO l'Espagnol. Vous vous souvenez?

Vous suivez la généalogie familiale?

Nous n'abordons pas tous les frères et sœurs de manière approfondie.

Nous laissons à chacun le soin d'aller de l'avant.

Nous ouvrons des pistes, vérifiées, remises à jour, et donc plus faciles à suivre que lorsque nous avons décidés de nous lancer dans ces recherches sur le grand-père Pedro DEL CAMPO-CHIMENO.

« L'Inspecteur Vitos, le bas indémaillable est prêt ». Françoise fait les recommandations d'usage que voici:

> **Bisous » « Coucou c'est prêt**
> **N'oublie pas l'acte de décès de pépé!!**
> **A demain**
> **Bisous »**

Nous pouvons donc aller demain à Pau, suivant la procédure précédente : rendez-vous au parking de « Kiabi face au grand carrefour », puis voiture commune jusqu'aux Archives Départementales 64.

Nous sommes attendus, et il faut apporter l'acte de décès de grand père, afin de pouvoir avoir accès au dossier complet de l'étranger, Pedro DEL CAMPO-CHIMENO, aux Archives Départementales de Pau, où ces documents ont été retrouvés, grâce à l'insistance professionnelle de Madame Caroline DELEUX et ses collègues, en particulier Elisabeth GUCHAN.

Pour les recherches sur les descendants il faut montrer « patte blanche » et respecter les délais d'accès aux archives.

Autant de questions que nous avons formulées, et pour lesquelles, nous ne savons pas apporter de réponses.

C'est extraordinaire de retrouver le dossier de Pedro DEL CAMPO aux archives!

La fois précédente, il n'y avait pas de dossier!

Grâce à la sagacité des documentalistes des Archives de Pau, le dossier voyageur est retrouvé et nous pouvons le consulter.

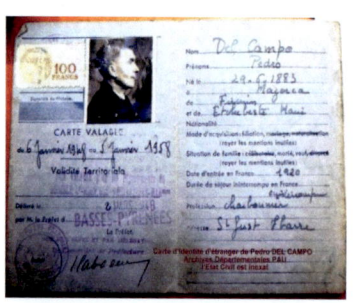

Cette opération est édifiante et montre plusieurs choses.

En premier le beau visage de Pedro DEL CAMPO.

Ce n'est pas rien de mettre un visage à une époque donnée sur quelqu'un que l'on a connu bien plus âgée, comme c'est mon cas, où bien pas connu du tout, comme pour les plus jeunes.

Ensuite, il faut voir l'art et la manière de grand-père pour masquer les faits, en donnant des versions à consonnances phoniques, disons approximatives dans l'Etat Civil.

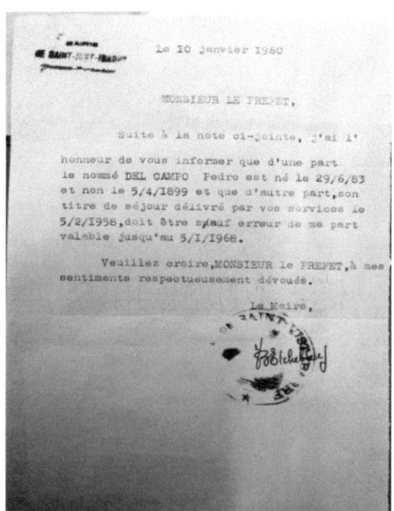

Ce qui explique les bizarreries que nous avons découvertes lors de nos recherches.

Nous avions un grand-père, ancien « Carabinero Del Rey», en Espagne, illettré en France, menuisier, bucheron, charbonniers, bref, capable de savoir parfaitement comment dérouter ceux qui essayent de le „rouler" ou lui faire des „entourloupes".

En ce temps-là, les choses n'étaient pas très simples.

Nous pensons que grand-père était très méfiant, en particulier sur la nature humaine, et faisait tout pour ne pas avoir d'ennuis.

Car si nous croyons le dossier qui le concerne, aux Archives Départementales de Pau, l'application des directives préfectorales pour les ressortissants étrangers étaient appliquées avec zèle.

Les Maires à la demande des Préfets.

Les Brigades de Gendarmeries à la demande des préfets, des Procureurs de la République. Les services de police de la sureté du territoire.

Beaucoup de zèle, pour faire du contrôle social, avec, comme vous pouvez vous-même le constater, des faux renseignements.

Ce devait être une technique pour brouiller les pistes, car cette période n'était pas de tout repos sur ce point.

Même la Sureté Nationale y perd son latin! Avec de fausses informations ils ne trouvent pas.
C'est ce que dit son rapport de recherche trouvé aux Archives 64.

Mais attendez! vous n'êtes pas au bout de vos surprises! La vie de grand-père est riche et intance.

Vous avez des doutes, vous n'allez pas être déçu, tout comme nous, lorsque les Archives de Pau nous ont invité à revenir les voir, car ils avaient de nouveau un dossier sur Pedro DEL CAMPO.

Et quel dossier! souvenez-vous.

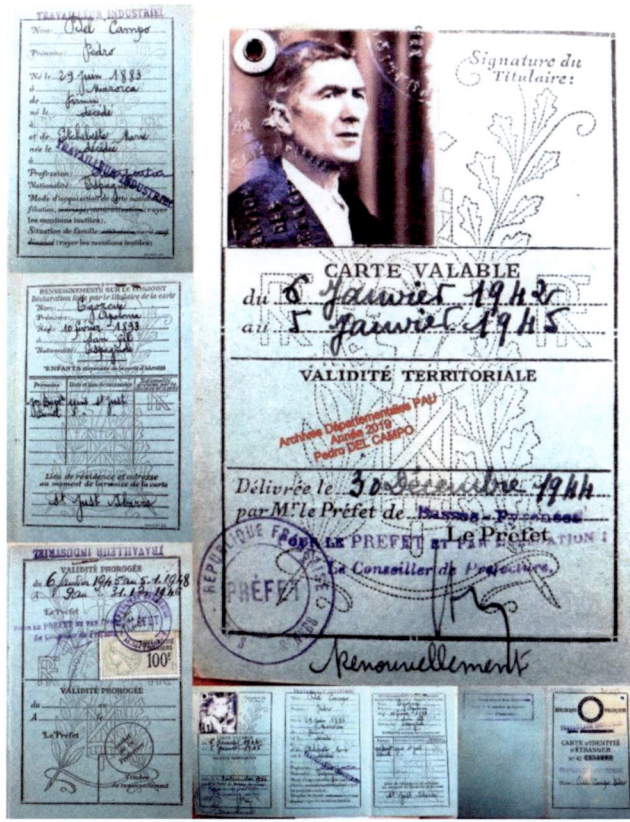

Lorsque Solange et Françoise ont découverts dans les dossiers d'écrous de la prison de Bayonne, Pedro DEL CAMPO, et deux autres personnes incarcérées.

Motif de l'incarcération : **« meurtre et complicité »** !

Je ne m'en remets pas encore, surtout que la procédure est plutôt, disons « folklorique », si ce n'était pas les 14 mois en prison, mais dans des conditions qui ne respectent pas les personnes, puisqu'elles sont libérées certes, mais sans autres forme de procès.

Nulle part il est question de réhabilitation. Nulle part il est question de dédommagement pour privation de Liberté.

Mais vous n'êtes pas au bout de vos surprises.

En effet le dossier découvert ce jour-là, nous vous laissons le découvrir par vous-même, avant de vous le commenter.

C'est une série de documents officiels de Gendarmerie. Ils sont aux Archives Départementales de Pau, dans les dossiers concernant les étrangers.

Vous savez le contrôle social!

Nous avons essayé de réussir des photos numériques, sans flash, de ces documents pour constituer la mémoire familiale.

A vous de voir:

Apolonia et Pedro au Pays Basque

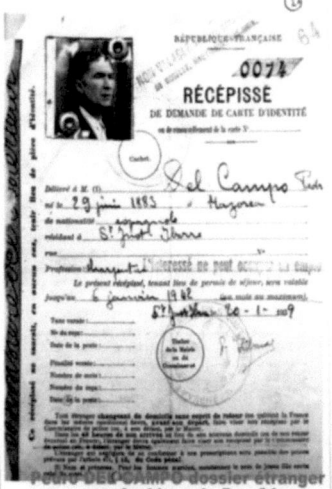
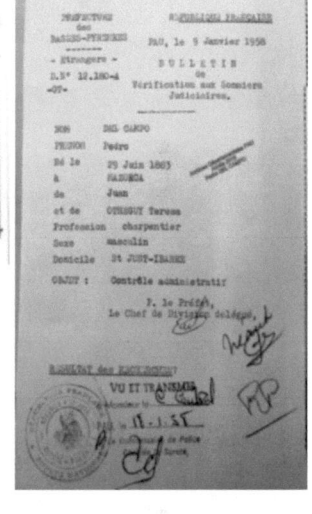

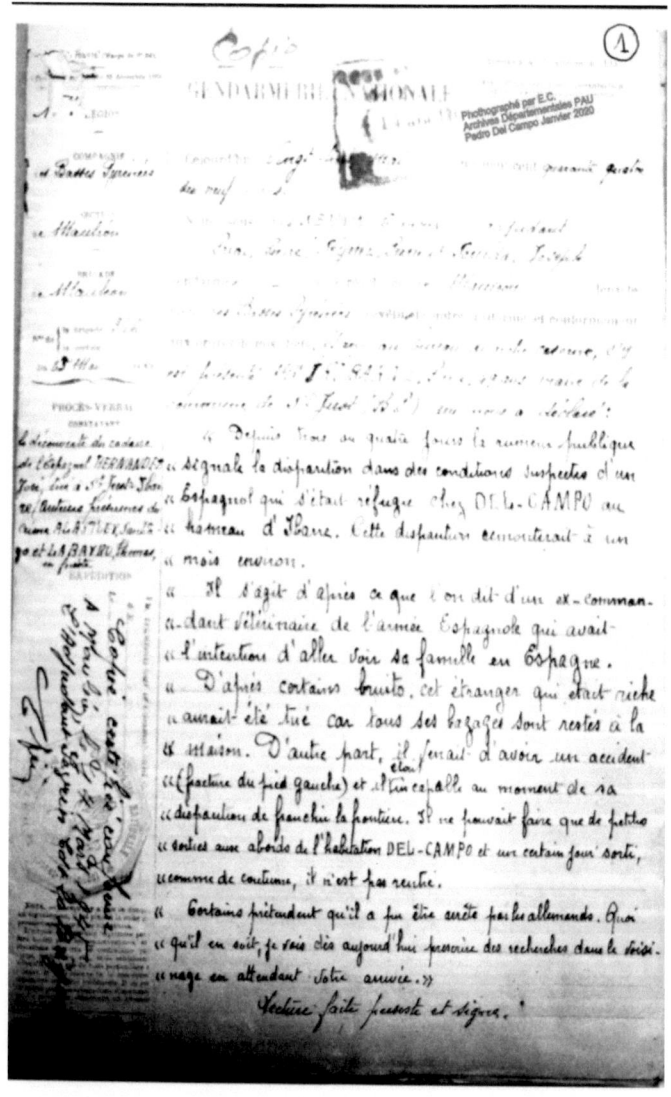

Le 24 mai 1944, à 14 heures, M. le Maire de Saint Just nous a téléphoniquement que des habitants du hameau d'Isaca chargés par lui de faire des recherches venaient de découvrir à 500 mètres de l'habitation DEL CAMPO, un cadavre enterré dans une petite caverne.

Nous étant immédiatement rendus sur les lieux, nous avons fait les constatations suivantes :

Dans un bosquet situé au lieu dit "Yrastarochoa" territoire de la commune de St Just Ibarre (B.P.) nous voyons dans une excavation naturelle, à un mètre de profondeur, la tête d'un être humain en décomposition avancée qui émerge d'un fond boueux.

Plusieurs habitants d'Isaca qui se trouvent sur les lieux nous aident au déblaiement ; ceci en présence de monsieur le Docteur LARREGLE et Monsieur requis par le Maire et nous parvenons après avoir enlevé de grosses pierres et des morceaux de bois mort à découvrir le cadavre d'un homme qui se trouve dans la position assise, les jambes allongées. Ce corps est vêtu d'une combinaison bleue, chaussé de bodeguines, la tête est presque détachée du tronc. Il porte une montre bracelet (poignet gauche) et une alliance or.

Dans les poches nous trouvons un stylo, un briquet, son papier à cigarettes, nous ne trouvons ni papier d'identité ni argent sauf une pièce de cinq francs Suisse.

Nous remarquons qu'il porte au dessus de l'articulation du pied gauche une bande de toile indiquant une blessure ou une fracture antérieure à la cheville.

Les personnes présentes notamment M.M. CHORHI-BERROUET et AHADO nous disent qu'il s'agit du cadavre de l'Espagnol disparu le 28 avril.

Le Docteur LARREGLE après examen du corps a diagnostiqué une rupture complète de la colonne cervicale avec fracture de l'articulation du temporoson maxillaire gauche. Le Docteur s'est assuré à la délivrance du permis d'inhumer.

Après avoir recherché sans résultat là où les outils ayant servi à l'ensevelissement du corps nous nous sommes rendus à la cabine téléphonique

...ique à l'effet de prévenir M. le Procureur de la République et le juge mobile.

Nous étant livrés à une enquête, nous avons reçu de Monsieur IRIBARNE, Maire de Saint Just (B.P.), la déclaration suivante :

« Ainsi que vous me l'aviez demandé hier, j'ai fait faire en attendant « votre arrivée, des recherches en vue de découvrir l'Espagnol disparu de chez « DEL-CAMPO il y a un mois. Aujourd'hui à treize heures, Monsieur « CHORHI-BERROUET Pierre qui participait aux recherches est venu « m'informer de la découverte, à 500 mètres de l'habitation DEL-CAMPO, « d'un cadavre qu'on a dissimulé dans une excavation naturelle. Il « s'agit sans erreur possible, de l'espagnol en question. À mon avis « et suivant la rumeur publique cet étranger a été tué par des gens « connaissant les lieux, vraisemblablement par des étrangers qui fréquentent « la maison DEL-CAMPO. Selon ces bruits il pourrait s'agir des nommés « SANTIAGO et THOMAS le premier ayant résidé à St Just, l'autre à « Mendive (B.P.).

« Quant à la famille DEL-CAMPO, il est possible qu'elle ne soit pas « étrangère à cette affaire, notamment la mère et la fille Rosalie. Cette dernière « en vue dit-elle, de connaître le lieu où se trouvait le disparu est allée consul-« ter, à l'insu de son père un curé de la région qui pratique la radiesthésie.

« J'ignore depuis combien de temps l'espagnol se trouvait chez DEL-CAMPO. « Je dois toutefois dire qu'il y a environ deux mois, sa présence m'avait été signalée « par le père DEL-CAMPO qui m'a présenté son récépissé tenant lieu de carte « d'identité d'étranger.

« D'après cette pièce l'étranger dont je n'ai pas retenu le nom paraissait ... mais j'avais pensé qu'il ne s'agissait que d'un étranger passager, je n'ai

Apolonia et Pedro au Pays Basque

« pas jugé utile de vous le signaler ni de l'inscrire sur les contrôles de
« la mairie. Les nommés SANTIAGO et THOMAS ont disparu et
« j'ignore où ils se trouvent. »

Lecture faite-persiste et signe

Nous avons mis le père DEL.CAMPO et sa fille en présence du
cadavre et ils l'ont reconnu pour être celui de l'étranger qui avait
séjourné chez eux. Nous avons demandé à visiter la chambre qu'occupait
l'intéressé ainsi que ses bagages.

Dans une chambre du premier étage Monsieur DEL.CAMPO nous
a présenté trois valises renfermant de riches costumes d'hommes, du linge,
des chaussettes, le tout soigneusement rangé et en très bon état. Dans
l'une de ces valises nous trouvons des papiers d'identité, des photographies
et des diplômes espagnols. Nous ne trouvons pas d'argent si ce
n'est trois pièces de dix francs et deux pièces de ser franc en bronze
(monnaie française n'ayant plus cours).

Dans un portefeuille nous trouvons deux petites rivettes en or mais
aucun billet de banque.

DEL.CAMPO nous présente en plus des valises un carton contenant quatre
chapeaux de feutre et une serviette en cuir contenant un sac à main de
femme et divers objets de toilette. Par l'examen d'un sauf-conduit et
d'un permis de conduire auto nous pouvons établir que l'étranger se
nommait HERNANDEZ, DE LA MANO, José, âgé de 84 ans, professeur
ayant résidé à St Nazaire (Loire Inf.).

Nous constatons en examinant le lit se trouvant dans la chambre
que le matelas a été démonté. La femme DEL.CAMPO nous montre
l'enveloppe du matelas qu'elle dit avoir lavée. Nous ne relevons aucune

Avons entendu Monsieur DEL CAMPO qui déclare :

« Je me nomme DEL CAMPO, Pédro, 59 ans, bucheron à St-Just-Ibarre (B.P.)
« né le 29 juin 1883 à Marzoca, (Espagne) de Martin et de Jerome Jimena,
« marié 9 enfants, illettré, jamais condamné, nationalité espagnole.

« Le cadavre qui a été découvert à 500 mètres de mon domicile est celui
« d'un espagnol qui a séjourné chez moi pendant deux mois et dont j'ai
« signalé la disparition au Maire de Saint-Just.

« Cet homme est arrivé chez moi fin février ; c'est sur la demande de
« Mr BARACE de Mauléon que nous l'avons reçu. Il ne devait rester
« que quelques jours, simplement mettre ses bagages en sureté car il disait vouloir
« retourner à St Nazaire d'où il s'était enfui en raison du bombardement
« mais un accident l'a empêché de partir. En effet, trois ou quatre jours
« après son arrivée il a fait une chute dans notre jardin et s'est fait une
« fracture au pied gauche. Il est resté alité pendant 20 jours ; il a été soigné
« par un rebouteux d'Ostabat (B.P.) qu'un voisin est allé chercher.

« Dès que son état s'est amélioré et qu'il a pu marcher il faisait
« quelques sorties dans le voisinage. Le Vendredi 28 avril 1944, vers 19 heures, il
« est sorti comme d'habitude mais n'est pas rentré. Surpris je me suis mis
« aussitôt à sa recherche dans la direction d'Hosta le même soir et le lendemain
« matin et soir mais sans pouvoir le découvrir. Sa disparition m'a paru
« suspecte et je l'ai signalée dans le voisinage ainsi qu'au maire le 30 avril.

« Tout le monde au hameau avait connaissance de la présence de cet homme
« chez moi. Il ne parlait pas beaucoup si ce n'est à notre voisin OLHERY.
« Nul n'est venu le voir à mon domicile. Il y a simplement rencontré les
« membres de sa famille et le nommé SANTIAGO notre ancien pensionnaire,

« qui est actuellement sans domicile et qui vient de temps en temps à la
« maison. Il ne se trouvait pas chez moi le 28 avril et je ne puis dire qu[and]
« ces deux hommes se sont rencontrés pour la dernière fois. SANTIAGO,
« que j'ai revu par la suite s'est intéressé à la disparition d'HERNANDEZ
« et n'ai rien remarqué d'anormal dans son attitude. Je ne le crois
« pas capable d'avoir commis le crime qui vient d'être découvert. J'ignore
« s'il fait le passeur pour l'Espagne, je ne l'ai jamais entendu traiter cette ques-
« tion avec HERNANDEZ. Ce dernier d'ailleurs n'a jamais manifesté l'intention
« de franchir la frontière, au contraire, il voulait rentrer à St Nazaire.
« Quant au nommé THOMAS qui passe pour venir chez moi avec
« SANTIAGO je ne l'ai vu que rarement. Toutefois il s'est rencontré
« chez moi avec HERNANDEZ et SANTIAGO quelques jours avant la dispari-
« tion. Je les ai vu parler ensemble à la cuisine mais je n'ai prêté au-
« cune attention à leur conversation. Je ne puis donner aucune précision
« quant à la date. HERNANDEZ donnait l'impression d'un homme
« riche mais j'ignore ce qu'il possédait comme argent, il ne nous
« a jamais payé sa pension. »

Lecture faite persiste et signe

Nous avons entendu une voisine Madame IROLA, née TRIGOIN
Jeanne, 40ans, cultivatrice à St Just-Ibarre, qui nous a déclaré :
« En ce qui concerne le crime qui vient d'être découvert je puis dire que
« le lendemain de la disparition de l'étranger HERNANDEZ le nommé
« SANTIAGO se trouvait à Ibarre chez DEL CAMPO. Il a été rencontré sur
« la route de Ibarre à Hosta par Monsieur DARTIGUNAVE, de Hosta
« auquel il a demandé s'il n'avait pas vu un homme qui portait. Il
« voulait certainement faire allusion à l'homme disparu

« et qui recherchait à ce moment là le frère DELCAMPO qui se rendait
« en direction d'Hosta.

« Je sais également que lors de l'arrivée … bagages de l'étranger
« HERNANDEZ le nommé THOMAS a été … au café St Pierre de
« Buenos porteur d'un révolver. J'ignore les relations qu'il a pu avoir avec
« HERNANDEZ mais c'était vraisemblablement lui qui devait le faire
« passer en Espagne. THOMAS se trouvait à la maison DELCAMPO,
« je crois, le jour où HERNANDEZ a eu un accident. J'ai entendu dire
« aussi qu'on avait remarqué chez DELCAMPO, peu de temps après
« la disparition, des traces de sang mais je ne puis dire si ces bruits sont
« fondés.

« A mon avis la famille DELCHAMPO, n'est pas étrangère au crime qui
« vient d'être découvert.

« Je vis depuis longtemps en mésintelligence avec cette famille et n'ai eu aucun
« entretien avec elle au sujet de la disparition mystérieuse de l'étranger qu'elle a hébergé
« pendant deux mois. »

Lecture faite persiste et signe

Madame DELCAMPO née GONI, Apolonia, 51 ans, ménagère à St
Just-Ibarre (BP) née le 10 février 1893 à San-Gil de Burgui (Espagne)
de Goni et de Sgozeria Victorine ; mariée 9 enfants, jamais condamnée, nationalité espagnole déclare :

« Vers la fin de février 1944, ma fille Victoria qui réside à Buenos nous a amené un
« soir vers 21 heures un Espagnol qu'elle avait rencontré chez BARACE à Mauléon et
« qui cherchait, pour quelques jours une pension à St Just Ibarre. J'ai consenti à
« héberger cet homme, sans lui demander le but de son arrivée à St Just Ibarre, mais
« d'après ce qu'il m'a dit par la suite, j'ai pensé qu'il avait l'intention d'aller faire
« une visite à sa famille en Espagne. Quelques jours après son arrivée, ce pensionnaire,
« HERNANDEZ José, a fait une chute dans un escalier à notre jardin et, s'étant
« blessé au pied, il est resté alité pendant 20 jours environ ; c'est accidentellement par
« suite d'une glissade qu'il est tombé.

« Dès qu'il a pu marcher, il faisait presque journellement de petites promenades dans le
« voisinage notamment dans le chemin d'Hosta. Jeudi 21 avril à 13 heures, dans

« promenade et je suis surprise qu'il ne soit pas revenu. Lui ayant
« répondu négativement cette personne est repartie et nous n'avons
« plus parlé de lui.
« Cette disparition à paru bizarre étant donné que l'étranger ne
« pouvait encore faire de longues marches. Pensant qu'il pouvait avoir
« été victime d'un accident ou d'un attentat, nous avons fait ce
« matin sur la demande du Maire, des recherches. Ces dernières
« ont abouti à la découverte du cadavre de cet étranger qui sans
« aucun doute a été tué. J'ignore totalement qui peut avoir
« commis cet acte. Ce ne sont pas les gens du pays qui peuvent
« en être soupçonnés.
« Je n'ai jamais entendu la moindre discussion dans la maison
« DELCAMPO. Je tiens toutefois à vous signaler qu'un sujet espa-
« gnol prénommé SANTIAGO qui travaillait avec DELCAMPO, vient
« de temps en temps dans cette famille ? Un autre espagnol d'après
« la rumeur publique, viendrait également de temps à autre chez
« mes voisins ; si cela existe c'est en se cachant car je ne l'ai jamais
« vu. J'ignore s'ils sont étrangers à ce crime.
« Depuis la disparition de cet homme, j'ai demandé à Monsieur
« DELCAMPO s'il avait eu des différents avec eux et il m'a
« toujours répondu que non.
« J'ajoute que le défunt paraissait être un intellectuel. Il était
« toujours bien mis et d'après ce que j'ai entendu dire il possède
« des effets de valeur qui sont restés dans la maison DELCAMPO.

Lecture faite persiste et signe

Mademoiselle CHORHY-BERHOUET, Marie, 35 ans, ménagère
demeurant à Saint-Just-Ibarre, déclare :

« Samedi dernier 20 mai dans l'après midi, ayant rencontré
« Madame IROLA, Jeanne sur le chemin près de son domicile
« nous avons causé un moment de la disparition du nommé
« HERNANDEZ qui se trouvait depuis quelques temps chez
« DELCAMPO. Je reconnais avoir raconté à cette femme que

« qu'il allait faire un tour, et qu'il reviendrait vite. À la tombée
« de la nuit, j'ai trouvé étrange de ne pas le voir revenir, car
« dans ses habitudes sa promenade ne durait qu'une demi-heure
« environ.

« Se trouvait chez nous ce jour-là, le nommé THOMAS qui
« connaissait HERNANDEZ, pour avoir disait-il servi sous
« ses ordres pendant la guerre d'Espagne. Il était à la maison
« où il avait passé toute la journée lorsque HERNANDEZ
« est parti. Quant à Santiago, qui travaillait ce jour-là
« avec mon père en forêt, il est rentré à la maison une
« demi-heure environ après le départ d'HERNANDEZ. Mon
« père n'est arrivé que plus tard.

« Au crépuscule voyant que cet homme ne revenait pas, je
« suis parti avec mon père en direction d'Hosta, pour le recher-
« cher. À notre retour j'ai appris par ma mère, que Santiago
« et THOMAS, étaient partis ensemble à la recherche de leur com-
« patriote. Ne les ayant pas vus en cours de route. J'ignore la
« direction qu'ils ont prise.

« Le lendemain matin de très bonne heure mon père qui était
« parti à Hosta, pour se renseigner ; a rencontré à son retour,
« le nommé SANTIAGO, sur son itinéraire se dirigeant éga-
« lement vers Hosta. Celui-ci a fait demi-tour et est rentré avec
« mon père à la maison.

« Ni dans le courant de l'après-midi, ni dans la soirée du 28
« avril THOMAS n'est pas sorti de la maison, sauf pour se
« livrer à des recherches en compagnie de son camarade SANTIAGO.
« Au cours des divers entretiens que j'ai eus avec ces deux hommes,
« tant le jour de la disparition, que le lendemain rien ne laisse
« supposer que ce sont eux les auteurs de ce crime.

« Je sais qu'HERNANDEZ, portait constamment son argent sur
« lui, mais j'en ignore le montant. Toutefois je sais très bien qu'il
« possédait un millier de pesetas espagnoles. Je n'ai jamais dit

« à qui que ce soit, qu'il possédait 100.000 francs en billets de banques
« français. Si le matelas du lit où a couché HERNANDEZ, a été
« défait et la toile lavée, c'est simplement par mesure d'hygiène
« car cet homme paraissait malade.
« C'est tout ce que je puis vous dire sur cette affaire. »

   Lecture faite persiste et signe.

Entendu à nouveau, Monsieur DEL CAMPO, Pedro, nous a déclaré
« Je n'ai pas dit l'exacte vérité, en ce qui concerne la fréquence
« des visites que nous font SANTIAGO et THOMAS ceci parce que
« travaillant journellement en forêt, je ne sais pas exactement ce
« qui se passe à mon domicile, pendant mon absence. Toutefois je
« précise de la façon la plus formelle, que le 28 avril 1944, c'est à dire
« le jour de la disparition d'HERNANDEZ, ALASTUEY, Santiago, ne
« travaillait pas avec moi, comme vous l'a déclaré ma fille Rosalie.
« Par contre je n'ai pas osé vous dire qu'il se trouvait avec moi
« le lendemain, ceci parce que je suppose qu'il est en situation
« irrégulière.
« Je signale qu'en revenant le samedi matin d'Hosta, où
« j'avais effectué des recherches, j'ai rencontré ALASTUEY, Santiago,
« qui s'est intéressé du résultat de mes recherches. J'ignore
« où il est allé avant de me rencontrer et à quelle heure il a pu
« partir de mon domicile où il avait couché. »

   Lecture faite persiste et signe

Le père DEL CAMPO et sa fille ont été confrontés, et malgré les contradictions relevées dans leurs déclarations en ce qui concerne la présence de Santiago au travail en forêt chacun a persisté dans ce qu'il a dit.

Le 25 mai 1944 continuant l'enquête nous avons entendu les personnes ci-après :

-Madame CHANGART, Victoire, née DEL-CAMPO, 38 ans, couturière, demeurant à Buenos (BE) née le 21 décembre 1912 à Ariz (Espagne) fille de Pedro et de Goni Apolinia a déclaré :
« C'est bien moi qui ai conduit à la maison de mes parents

« un mardi, fin février, sans pouvoir préciser la date exacte
« l'espagnol HERNANDEZ, qui a été découvert hier 24 mai assas-
« siné. Ce mardi jour de Marché de Mauléon, je me suis
« rendu dans cette ville, chez Monsieur BARACE, marchand
« de chaussures, à l'effet d'y acheter une paire de souliers.
« Connaissant très bien la famille BARACE, Madame BARACE
« m'a présenté à l'étranger en question et m'a déclaré que
« voulant franchir la frontière franco-espagnole, je devais le
« conduire chez mes parents à S¹ Just Ibarre (B.P.), et que
« là, il se débrouillerait. J'ai exécuté la mission qui
« m'a été confiée et ne me suis plus occupée de cet homme.
« Pendant le séjour de cet étranger chez mes parents, je ne
« m'y suis rendue que deux ou trois fois et je ne l'ai vu
« qu'une fois.
« Je sais que les nommés Santiago ALASTUEY et THOMAS,
« viennent souvent chez mes parents et je me doutais que
« c'est ce dernier qui devait servir de guide à HERNANDEZ.
« Je ne puis vous donner aucun renseignement sur l'assassi-
« -nat de cet homme et j'ignore qui peut l'avoir commis.
« Je ne connais que très peu, les espagnols Santiago et THOMAS. »
Lecture faite persiste et signe.

Monsieur IRIGOIN, Jean Pierre, 43 ans, cultivateur demeurant
à S¹ Just Ibarre (B.P.) maison "Aguerria", a déclaré :
« Ma maison d'habitation est située à environ 100 mètres de
« l'endroit où a été découvert le cadavre de l'espagnol qui s'était
« réfugié chez DEL CAMPO. J'ignore qui peut être l'auteur
« de ce crime ; Malgré la faible distance qui sépare ma maison
« du trou où a été dissimulé le cadavre, je ne me souviens
« pas avoir entendu soit ; discussion, dispute ou bruit anormal
« dans la soirée du 28 avril dernier.
« À mon avis cet espagnol a été assailli sur le vieux che-
« -min conduisant à Flosta, et traîné par la suite dans le

« trou où il a été découvert. Le dernier est distant du chemin
« d'une quarantaine de mètres environ.

« J'étais au courant de la disparition de cet homme, mais je
« n'aurai jamais supposé qu'il pouvait se trouver si près de
« ma demeure. Mon attention n'a jamais été attirée par des
« odeurs nauséabondes, attendu que ce cadavre était recouvert de
« terre, de branchages et de grosses pierres. »

Lecture faite persiste et signe.

Monsieur BORDABIDART Jean, 49 ans cultivateur à St Just-
Ibarre (B.P.) a déclaré :

« J'étais au courant de la présence de l'Espagnol HERNANDEZ
« chez nos voisins DELCAMPO et j'ai eu connaissance de l'accident
« survenu à cet étranger, quelques jours après son arrivée. Par la
« suite, je l'ai vu quelques fois se promenant dans le voisinage,
« marchant à l'aide d'une canne, mais je ne puis dire si je
« l'ai vu, le jour de sa disparition, le 28 avril. Lorsque Madame
« DELCAMPO me l'a signalé comme ayant disparu, j'ai
« rassemblé mes souvenirs, à l'effet d'établir quand je l'avais vu
« pour la dernière fois, mais sans résultat.
« Le crime qui a été commis, ne doit pas à mon avis être imputé à
« des gens du pays. Je ne conteste pas que le ou les auteurs connais-
« saient les lieux et les habitudes de l'Espagnol et c'est sans doute pour
« cela que des soupçons se porteront sur les nommés ALASTUEY,
« Santiago et THOMAS, qui viennent de temps à autre dans la maison
« DELCAMPO. Je ne puis vous dire où se trouvent ces individus.
« Je n'ai pas remarqué au hameau d'autres personnes, pouvant

« être mises en cause. »

Lecture faite persiste et signe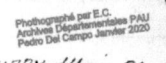

Madame ITHURALDE, née ETCHECHOURRY, Marie, 51 ans, boulangère et aubergiste à Bunus (B.P.) déclare :

« Effectivement au mois de février, le 18, vers 23 heures, « Madame DEL-CAMPO, qui transportait deux valises (en compagnie « de l'espagnol THOMAS), qu'elle était venue chercher à Bunus « a été conduite dans mon établissement par des agents du « ravitaillement qui l'avait rencontrée à proximité et qui « voulaient s'assurer du contenu des valises. A un certain mo- « ment pendant l'examen des colis le nommé THOMAS, LA- « BAYRU, s'est échappé et je lui ai vu en mains un revolver « qu'il essayait de dissimuler. Je certifie qu'il s'agissait « bien d'un revolver, mais d'un calibre plutôt petit. Je « n'ai jamais revu cet espagnol depuis cette date. »

Lecture faite persiste et signe.

A treize heures, le Parquet et la police mobile sont arrivés sur les lieux, avec le Docteur LARRÈGLE de Mauléon, chargé de l'autopsie. Nous avons assisté le médecin dans ses constatations, lesquelles ont fait ressortir, que la victime, a été frappé à l'aide d'un objet tranchant ayant sectionné net la vertèbre cervicale.

Nous avons conduit à l'endroit où le cadavre a été découvert, les Inspecteurs de la police mobile, que nous avons mis au courant du résultat de notre enquête.

L'excavation dans laquelle le corps a été dissimulé a un mètre cinquante de diamètre et 1m 80 de profondeur. Ainsi qu'il est a indiqué d'autre part; elle est située à 500 mètres de la maison d'habitation de DEL-CAMPO et à 50 mètres en contre-bas du chemin d'Hosta. L'habitation la plus à proximité est celle de monsieur IRIGOIN (Mr. ou AGUERRIA), à 100 mètres.

Il est vraisemblable que l'Espagnol HERNANDEZ, a été abattu sur le chemin d'Hosta et traîné ensuite jusqu'à l'escavation, mais vu le laps de temps écoulé, nous n'avons pu relever aucune trace.

Nous avons pu malgré nos recherches, recueillir le moindre renseignement sur le refuge des individus soupçonnés.

D'après la rumeur publique, ces individus font le va-et-vient avec l'Espagne. Leur état-civil a pu être établi comme suit:

1°/ ALASTUEY, Marco, dit "SANTIAGO", né à Garde (Espagne) le 10 octobre 1905, célibataire, a fait partie du groupe de travailleurs étrangers d'Issste (B.P.) de nationalité espagnole a travaillé à St Just-Ibarre comme charbonnier.

2°/ LABAYRU, Thomas né le 21 décembre 1902, à Isaba (Espagne) a fait partie du groupe disciplinaire de travailleurs étrangers de Bagnères-de-Bigorre (H.P.) de nationalité espagnole, a travaillé à Mendive (B.P.)

De la cabine téléphonique de St Just-Ibarre (B.P.) nous avons aussitôt signalé ces individus, aux gardes limitrophes, en premier lieu, à celles de Mendive et Larcée, les plus voisines de la frontière.

La police mobile qui continue l'enquête s'est chargée.

tribunal les bagages d'HERNANDEZ, dont elle a dressé
un inventaire.

À notre rentrée a la résidence, nous avons entendu,
Madame BARACE, née GUERRERO, Victorine, 58 ans,
négociant en chaussures demeurant à Mauléon (B. P.) née
le 23 Mars 1892 à Pégora (Espagne) qui nous a déclaré :

" Le lundi 14 février 1944, dans la matinée, s'est présenté
" dans mon magasin, un de nos amis dont le père
" réside en Espagne, il s'agit du nommé GUSTODIO
" Galé, qui été accompagné d'un monsieur très bien mis,
" également d'Origine espagnole. Tout deux venant de
" St Nazaire et comptaient passer quelques jours de vacances
" dans la région. Galé m'a confié que son compagnon,
" nommé HERNANDEZ, avait l'intention de partir en
" Espagne, parce qu'il ne pouvait plus rester à St Nazaire
" où il aurait eu un différent avec une femme.
" M' ayant demandé en outre s'il y avait des moy-
" ens de locomotions pour se rendre à St Just Ibarre chez
" Mr DEL CAMPO, où HERNANDEZ devait se rendre.
" Je lui ai répondu que le lendemain Monsieur Ithuralde
" assurait le (Mardi), le transport des voyageurs entre
" Mauléon et St Just Ibarre et comme le lendemain la
" fille DEL CAMPO, épouse CHANGART, étant venue dans
" mon magasin, je lui ai fait part de la présence à Mauléon
" de l'espagnol HERNANDEZ, qui voulait se rendre chez ses
" parents à St Just Ibarre (B.P.).

« Madame AHADO, Marianna m'avait signalé que suivant les dires
« de Madame DELCAMPO, l'Espagnol HERNANDEZ détenait
« environ 100000 francs en billets de Banque français et 1000 pesetas
« espagnoles. C'est tout ce que je puis vous dire sur cette affaire. »
    Lecture faite persiste et signe.

Madame AHADO, née GOYHENESCH, Marianna, 52 ans ménagère,
demeurant à St Just Ibarre (BP) née au dit lieu, le 21 décembre
1893, a déclaré :

« Quelques jours après la disparition de l'Espagnol HERNANDEZ,
« Mademoiselle Rosalie DELCAMPO; chez laquelle cet homme se
« trouvait m'a dit, qu'il possédait beaucoup d'argent en billets de
« banque français, mais elle n'a pas précisé quelle somme. D'après
« cette jeune fille, HERNANDEZ, détenait également un millier
« de pesetas espagnoles. Elle a ajouté qu'elle avait vu tout cet
« argent lorsque cet homme s'est cassé la jambe.
« Le nommé Santiago ALASTUEY, qui vient de temps en temps
« chez DELCAMPO, est venu le 12 mai dernier avec la fille Rosalie,
« nous aider à semer du maïs. Cet homme m'a raconté, que
« le jour où HERNANDEZ a disparu il travaillait avec DELCAMPO
« à la forêt, mais ce dernier était descendu à la maison avant lui.
« Il m'a dit cela parce que nous parlions de cette disparition.
« J'ignore qui peut être l'auteur de ce crime, qui a mon
« avis a pour seul mobile le vol. »
    Lecture faite persiste et signe.

Mademoiselle DELCAMPO, Rosalie, 23 ans, ménagère demeurant
chez ses parents à Saint Just Ibarre (BP) née le 6 septembre 1900,
à Eguiabarra, (Espagne) fille de Pedro et de Apolonia Goni, célibataire sait lire et écrire, de nationalité française, a déclaré :

« Le 28 avril dernier vers 19 heures, après avoir donné une
« collation au nommé HERNANDEZ, celui-ci a quitté la maison
« son pour faire sa promenade habituelle sur le vieux chemin
« qui conduit au village d'Hosta. En partant il m'a déclaré

> « Dans le courant de l'après midi l'espagnol HERNANDEZ,
> « accompagné de Madame CHANGART est revenu dans mon
> « magasin me demander si je voulais lui garder trois valises
> « jusqu'au jeudi, vu que Monsieur Ithuralde, ne pouvait
> « les porter ce jour là. Les dites valises ont été prises par
> « Mr Ithuralde le surlendemain.
> « Je ne connaissais pas le nommé HERNANDEZ, c'est
> « la première fois que je voyais je n'ai pas entendu parler
> « de lui depuis. »

Lecture faite persiste et signe.

Le rapport établi par le Docteur LARREGLE sera transmis au Parquet par l'intermédiaire de la police Mobile.

D'après la rumeur publique les membres de la famille DEL-CAMPO notamment la mère et la fille sont capables de complicité mais nous n'avons pu l'établir.

Notons que la fille DEL-CAMPO, Rosalie a été récemment inculpée d'infanticide Procès Verbal n° 1069 de notre brigade en date du 30 décembre 1943.

Deux expéditions distinctes : la première à Monsieur le Procureur de la République à Pau.

La deuxième aux archives.

Signé : Signé : Signé : Signé :
Souda. Seguret. Prieur. Sepey.

 Voilà! j'espère que vous êtes saisis, comme nous, par cette montagne d'humiliation familiale.

Vous découvrez également le nid de vipère du quartier d'Ibarre de l'époque!

Les descendants de certaines familles ne doivent pas savoir, car il y a de quoi raser les murs!

Apolonia et Pedro au Pays Basque

Et s'ils lisaient cette oeuvre? Pourquoi pas!

Quant à la procédure, il y a des choses très bizarre. Comment expliquer que c'est plus d'un an après cette enquête que les trois suspects sont mis en prison préventive, et relâchés 14 mois plus tard.

Rappelez-vous le nouveau concept de Droit **«La Rumeur Publique »,** qui permet tout et rien, mais sert dans l'humiliation comme le montre ce rapport à l'égard de la famille.

Comment expliquer la disparition d'une partie des documents puisque plusieurs dossiers ont été fait: un aux Archives départementales, un au Procureur de la République à Pau.

Que s'est 'il passé après l'autopsie du corps retrouvé à Ibarre chez un des voisins? Quel Procureur a traité l'affaire?

Rappelez-vous les cours de Droit précédant.

Vous pouvez vous poser plein de questions à la lecture de ce mémoire d'enquête de Gendarmerie.

Pas moins de quatre gendarmes sur l'affaire, plus un Adjudant, sous le contrôle du Préfet, suivent l'affaire, pilotée par un Procureur de la République

Ils ont réussi à faire que Pedro DEL CAMPO ne soit pas inculpé faute de preuves, mais il a quand même été incarcéré.

Ce n'est qu'une humiliation de plus pour la famille.

Qui a bien pu commettre ce crime à Ibarre?

la question à ce jour est toujours sans réponse, à notre connaissance.

Nous en saurons plus dans quelques années lorsque nous aurons accès aux Archives du Tribunal pour les affaires criminelles, si elles ne sont pas lacunaires, ou en « voyage » comme celles de grand-père pour son livret militaire en Espagne.

Vous y croyez, vous, à la disparition d'archives?

Notre grand-père Pedro DEL CAMPO-CHIMENO, ancien « Carabinero Del Rey », est décédé en ayant gardé sa Nationalité Espagnole.

C'était un beau et bon grand-père à cheveux blanc dans mon souvenir!

Il fut un beau brun d'après les photos de police de son dossier d'étranger.

C'était un grand-père malicieux, plein d'humour, qui chantait en espagnol, conteur aussi, et dont je garde un souvenir ému, surtout après ses ventes de poisson ou viande, c'est selon, qu'il disait mettre dans l'emballage en l'enroulant avec du papier journal, comme le « Fish and chips », et partait livrer à l'autre bout de Biarritz via la ligne de Bus qui passait devant le magasin de tantia, a Haroustia, « la négresse » du nom de l'ancienne restauratrice dont on a donné le nom anonyme.

Et oui! cette dame n'aurait pas eu de prénom, ni de nom de famille. Qu'ils disent!

Grand merci aux chauffeurs de bus qui le connaissaient et le mettaient sur le bus retour la « Négresse », quartier de la Gare de la ligne SNCF, Bayonne Saint jean de Luz, pour que tantia Maguy Zabaleta le récupère, car Aitatxi, après de petits AVC, perdait un peu « les oies ». Une chute de sa banquette au coin de la cheminée pendant sa sieste!

C'était un super Papy! Il est décédé alors que je partais au service militaire. Je l'aimais beaucoup.
Je le revoie, arrivant devant chez Etcheverry avec sa caisse en bois, et son bâton qui martelait la route, arriver à Ertorainia où nous l'attendions le soir pour diner.
Des images me restent: Grand-père soignait mon mal aux dents avec du « jus de pomme ». C'était bon et j'avais beaucoup mal à la dent, en haut, sur la charrette de foin du voisin!

Le soir à table, après mon assiette de soupe Amatxi trouvait mon comportement pas normal, malgré les admonestations de grand-père qui excusait en disant «il faut le soigner avec ses dents qui lui font mal»!
Bien sûr criait mémé, qui constatait « Esta boracho!».
Il est saoul, avec tout le cidre qu'il a bu! Il ne peut même pas monter l'escalier pour aller au lit!

Eh oui! Amatxi parlait en Espagnol, mais quand ça chauffait elle parlait en Basque, certains doivent encore s'en souvenir.

La pêche aux écrevisses sous le pont en allant à Saint Just avec les « trucs » d'Aitatxi!

Donc, ce rapport de gendarmerie ne fait pas changer l'image de mon grand-père, au contraire, il me fait me poser des questions, et il me fait repenser à lui, au souvenir que j'en garde car pour moi c'était un Papy.

Il avait quitté son corps de militaire, donc d'un homme qui sait manier les armes et se défendre, pour devenir menuisier, quitter la Navarre espagnole avec femme et enfants pour s'installer au pays basque français en Navarre, à Ibarre.
Surement pour mieux vivre. Car on ne quitte pas son pays par gaité de cœur.

S'il avait conservé sa Nationalité Espagnole c'était bien parce qu'il voulait garder un lien avec le pays qu'il

avait servi comme « Carabinero Del Rey » et pays où il était né.

Je suis tellement fier d'avoir la double nationalité Française à 100% et Espagnole à 100 %, que je me retrouve un peu dans le mental d'Aitatxi Pedro, mon grand-père, votre arrière-grand-père, votre ancêtre, un ami que vous découvrez dans : « cette vie, une Histoire, nos vies ».

Comme disent Patricia et Solange après ce voyage au pays des ancêtres, et ces photos:

Bel homme! Quelle prestance!

Elle n'est pas belle la vie? Haut les cœurs!

Racontez pour que la mémoire ne se perde pas et honorer leur parcours, ce sont un peu nos racines du Pays Basque et une belle histoire pour les autres.

**********////********

Comme vous l'avez constaté, à ce jour, nous n'avons pas réussi à tout trouver sur le passé des ancêtres, mais vous aurez remarqué que le temps a défilé allégrement. Les années ont passées depuis 1883 date de naissance de Pedro DEL CAMPO-CHIMENO, et nous sommes en 2020.

Nous avons débuté nos recherches sérieusement en 2019. Vous aurez aussi remarqué que l'Histoire contemporaine elle aussi a évolué, en même temps que nous vous contions la vie de grand-père et la famille.

Et qu'elle Histoire ! plein d'événements, de faits, ont agis, sans que nous nous en rendions compte sur les motivations, l'évolution de notre histoire, en particulier sur la connaissance des ancêtres.

Bien heureux celui qui aurait pu deviner que nous rechercherions à connaître nos ancêtres de cette manière.

Rendez-vous compte que plus de 70 ans ont passé. Plein d'événements de l'histoire contemporaine se sont déroulés et nous avons ressenti le besoin de les découvrir, voire les redécouvrir dans d'autres circonstances, afin de comprendre la vie des grands-parents, et par delà nos vies.

C'est ainsi que nous devons nous souvenir à grand trait des événements contemporains, en Espagne et au Pays Basque.

Dans l'Histoire récente, peu de temps après le décès du dictateur Franco, Juan Carlos nomme comme premier ministre Leopoldo Calvo Sotelo Bustelo, qui continue l'œuvre d'un modèle de démocratisation mis en place après la dictature franquiste par Adolfo Suarez.

Apolonia et Pedro au Pays Basque

Une autre tentative de putsch d'extrême droite est étouffée dans l'œuf en 1982. Comme quoi le syndrome Faciste subsiste.

L'UCD sera finalement balayée par la victoire du PSOE (Parti socialiste ouvrier espagnol) de 1982, qui porte à la présidence du Cabinet Felipe González Márquez.

Cette alternance sans accroc était – (si l'on excepte le problème du terrorisme basque) - la dernière grande épreuve à laquelle devait se confronter les nouvelles institutions.
Le Gouvernement socialiste de Felipe González est longtemps confronté à une crise économique grave. L'euphorie qui avait accompagné le rétablissement des libertés, et s'était notamment exprimée par cette effervescence culturelle appelée la **Movida**, s'était bien essoufflé.
Le chômage a atteint un taux de 20%; la peseta a dû être dévaluée, et l'entrée de l'Espagne dans la CEE, en 1986, n'a pas immédiatement porté ses fruits.

Mais le temps aidant, et la tenue, en 1992 des jeux olympiques d'été à Barcelone et, la même année, de l'exposition universelle à Séville, (année du 500e anniversaire de la découverte de l'Amérique par Colomb), ont fini par donner à l'Espagne une sorte d'optimisme qui a finalement débouché sur un redressement réel de la situation, et le pays a acquis progressivement une bonne croissance.

Felipe González et le PSOE ont ainsi acquis durablement une position quasiment hégémonique sur la vie politique de l'Espagne.

Il s'en est suivi une montée de la corruption et la révélation d'une succession de scandales qui ont gravement terni l'image du pouvoir socialiste et son leader, aux affaires pendant une décennie.
En 1996, le Parti Populaire (PP), principal parti de la droite, depuis l'effondrement de l'UCD (et l'effacement de l'Alliance Populaire, qui lui avait succédé), gagne les élections.

José María Aznar López, le tombeur de Felipe González, devient président du Conseil (premier ministre). Son gouvernement va enfin bénéficier de tous les fruits de la croissance retrouvée.

L'Espagne à la fin des années 1990 devient l'un des pays les plus prospères et dynamiques d'Europe. Après des législatives gagnées encore en 2000, il se maintiendra au pouvoir jusqu'en 2004.
Entre-temps Aznar s'est trouvé confronté à une recrudescence des attentats de l'ETA. Le conseiller basque de droite Miguel Angel Blanco est assassiné en juillet 1997, soulevant une grande vague d'indignation dans la Péninsule.

Au mois de décembre suivant, le gouvernement réplique en procédant à l'arrestation de 23 membres de Herri Batasuna à cause de leurs liens avec l'ETA.

En septembre 1998, l'organisation terroriste accepte un cessez-le-feu, mais la violence reprend en novembre 1999; une voiture piégée explose à Madrid en 2000.

Et c'est, peut-être, encore à l'ETA que doivent être imputées les bombes qui explosent en juin 2002, pendant qu'un sommet européen se tient à Séville.
En août, Herri Batasuna est suspendu pour trois ans.

Malgré tout, le problème du terrorisme basque semble devoir rester sans solution.

L'envoi en Irak, aux côtés des Américains, de troupes espagnoles, suscite une vive opposition de la majorité de la population, Aznar reste, à l'approche des élections de mars 2004, le grand favori.

Mais, le 11 mars 2004, une série de bombes explosent dans des trains à la Gare d'Atocha, la Gare centrale de Madrid.
Près de 200 personnes sont tuées et 1500 sont blessées.
Aznar impute immédiatement l'attentat à l'ETA, alors même que les preuves de la responsabilité d'un réseau islamique s'accumulent.

Un mensonge Gouvernemental qui retourne l'opinion.
Lors du scrutin, quelques jours plus tard, les socialistes, conduits par José Luis Rodriguez Zapatero gagnent les élections.
Rodriguez Zapatero est nommé président du conseil en avril 2004.

Parmi les premières initiatives du nouveau gouvernement, on mentionnera : le retrait des troupes d'Irak en mai 2004, la légalisation de 800 000 immigrés "sans-papiers", en février 2005, une offre, en mai, de pourparlers de paix avec l'ETA et la légalisation du mariage homosexuel, en juin.

Le Gouvernement Zapatero a également soutenu l'adoption de la constitution européenne, approuvée par référendum en février 2005.

Le 18 juin 2006, un autre référendum a approuvé l'élargissement de l'autonomie de la Catalogne.

L'année 2006 s'est toutefois terminée par une note discordante : après avoir répondu favorablement, en mars 2006, à la proposition de pourparlers faite par le gouvernement, par l'annonce d'un cessez-le-feu, l'ETA a revendiqué un nouvel attentat, le 30 décembre 2006, à l'aéroport de Madrid (2 morts, 19 blessés), ce qui a conduit la suspension des négociations.

Comme vous le constatez, il est important de prendre en compte les événements contemporains.

A chacun de faire l'effort pour effectuer la mise à jour avec l'Histoire d'aujourd'hui, maintenant…!

Apolonia et Pedro au Pays Basque

Aller! Un aide-mémoire de dernière minute pour vous aider à entrer dans la suite de l'Histoire contemporaine...Que vous devriez écrire...

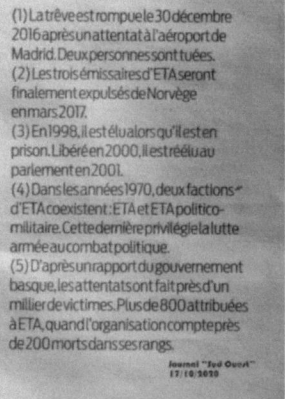

Je vous aide!

Aujourd'hui en octobre 2020, c'est la guerre à la COVID19. Le Président de la République vient de déclarer la poursuite du confinement et d'ajouter le couvre-feu, pour essayer d'endiguer l'évolution de cette pandémie.

En même temps, le **« Nuremberg du Covid »** se poursuit, avec les perquisitions suites aux plaintes de début du confinement précédant, pour leur gestion de la crise du coronavirus, de l'actuel ministre de la Santé, Olivier Véran, mais aussi l'ancien Premier ministre

Edouard Philippe et les ex-membres du gouvernement Agnès Buzyn et Sibeth Ndiaye qui ont vu leurs domiciles et bureaux perquisitionnés. D'autres perquisitions ont été menées chez le directeur général de la Santé, Jérôme Salomon, et la directrice générale de Santé Publique France, Geneviève Chêne.

La procédure suit son cours!

L'écœurement est à son comble en ce **17 octobre 2020,** un professeur: **Samuel PATY** vient d'être décapité par un « islamiste », adepte de l'islam politique, qui fait tant de tort aux musulmans, qui est opposé à la Liberté d'expression du pays Laïc qu'est la France, pays qui l'accueille.

"Que Samuel Paty soit salué, qu'on se taise, qu'on rende hommage, qu'on ne se déchire pas" dit Robert Badinter et surtout que l'on se souvienne qu'il est mort parce qu'il défendait et enseignait « la liberté d'expression ». :

Jean-Pierre OBIN, Inspecteur Général de l'Education Nationale à la retraite, quinze ou seize ans après avoir sonné l'alarme, dans un rapport explosif, sur les atteintes à la laïcité en classe, vient de publier, il y a quelques semaines, en septembre « Comment on a laissé l'islamisme pénétrer l'école » (éd. Hermann).

Un nouveau constat accablant qui résonne tristement aujourd'hui.

Cet acte traumatise la communauté éducative et conforte ceux qui veulent regarder les choses en face sur ce qui se passe avec l'islamisme politique radical en France.

Il veut imposer son idéologie obscurantiste auprès de l'ensemble des musulmans mais aussi dans la société qui est la nôtre, et à l'école en particulier. C'est une stratégie mise en place par les mouvements islamistes radicaux dans le monde.

Non seulement il faut rester vigilant, mais il faut lutter, dénoncer ses idéologies obscurantistes qui veulent détruire la Laïcité, les combattre.

Tout cela ressemble fort à l'avant seconde guerre mondiale. Les Fascismes rôdent, ils sont bien toujours là, et c'est ce que les grands parents et les parents ont vécus.

Et comme le dit **François MOREL, humoriste de France Inter**, s'adressant aux saltimbanques, mais aux autres aussi:

« Surtout, gens de théâtre, gardez le moral! Souvenez-vous comment lors d'un des derniers couvre-feux de l'histoire, au temps des ausweis, de la Kommandantur et des excursions avec cochon dans les valises entre le 45, rue Poliveau et la rue Lepic, la scène parisienne

était florissante, dynamique grâce notamment à Claudel, Sartre, Cocteau, Guitry, Bourdet, Sarment, Anouilh, Montherlant !
Comme beaucoup se souviennent avec nostalgie des années 1940, bientôt, vous verrez, nous regretterons les années 2020... François Morel.

Et comme je suis très en colère, car il est de bon ton chaque fois qu'un événement aussi abject que **l'assassinat de Samuel PATY** arrive, que certains remettent en cause l'Education Nationale,

J'entends à la radio une chronique qui me remue au plus profond, car je sais combien je dois à certains professeurs que j'ai rencontré dans ma scolarité.

Donc, tout comme **Sophia ARAM**, je m'associe à sa chronique que je vous propose de lire dans son intégralité.

C'est ma façon de la remercier de sa lucidité, moi qui ai beaucoup travaillé en Seine Saint Denis.
Merci Madame! Voici Le billet de la chronique de Sophia ARAM.
« Je pense à tous ces profs qui m'ont accompagnée de leur bienveillance et de leur patience à un âge où je n'avais pour tout bagage que mes lunettes triple foyers, mon acné et mon sac US. À tous ceux qui ont continué de m'apprendre à penser à un âge où mes demi-certitudes et mes indignations faciles avaient particulièrement besoin d'être confrontées.

Apolonia et Pedro au Pays Basque

Je pense aussi à Samuel Paty, à sa famille à ses élèves, ses collègues et ses proches. Je pense à leur douleur.

Je pense à tous ceux qui se retrouvent bien seuls, seuls sans lui, seuls devant leurs élèves, seuls devant cette montagne d'ignorance qu'il leur faut sans cesse gravir. Seuls depuis les attentats de 2015.

Seuls comme toujours dans ces moments qui suivent chaque attentat et où la nation toute entière se rassemble derrière l'idée que la solution passera par eux, par l'école, l'enseignement, la connaissance.

J'aimerais leur dire merci. Merci de nous avoir instruits, et merci encore de nous avoir transmis quelque-chose à défendre et surtout de continuer à le faire dans ces conditions.

Je pense à notre responsabilité et à notre devoir de lutter contre les véritables promoteurs de ces attentats.

Notre rôle à l'égard de tous ceux qui entretiennent, encouragent et organisent la posture victimaire en expliquant qu'ils sont choqués, blessés, meurtris, par... Par un DESSIN. Je pense à ce père d'élève faussement « dévasté » et claaamant sa peiiiine sur les réseaux sociaux tout en créant les conditions d'une mise à mort en publiant le nom et le lieu de travail de sa cible...

Je pense à cet agitateur qui se prétend Imam et qui l'accompagne dans cette entreprise macabre. Je pense à son petit air triste et tout chamboulé, horrifié par le dessin du cucul étoilé du prophète mais pas du tout gêné par son appel, dont il sait déjà qu'il fera office de condamnation à mort.

Mais comment ces deux faussaires arriveraient-ils à faire croire à leur blessure et à condamner à mort un

homme, s'il n'y avait pas une cohorte de lâches prêts à comprendre, à justifier et à légitimer quotidiennement l'hypothèse qu'un croyant puisse être sincèrement blessé, meurtri et humilié par UN DESSIN.
Comment y arriveraient-ils sans tous ceux qui leur préparent le terrain en assimilant la caricature d'un prophète ou d'un symbole religieux à du racisme ?
Comment y arriveraient-ils sans les promoteurs du concept d'islamophobie ?
Sans ces associations communautaires et religieuses spécialisées dans la plainte victimaire ? Enfin, comment y arriveraient-ils sans tous ces décérébrés, qu'ils soient militants, universitaires ou animateurs télé, venant dégouliner leur compassion morbide sur les musulmans pour leur expliquer qu'il est normal, compréhensible d'être bouleversé, meurtri, blessé par un putain de DESSIN.
Je pense à vous, à vos faux semblants, à vos appels au meurtre à peine voilés, à votre médiocrité et votre condescendance ». **Sophia Aram Chroniqueuse France Inter.**

Ancien Ministre de la Justice, Robert BADINTER, salue la mémoire de Samuel PATY sur la Radio France Inter dont il est l'invité du matin:
« En cette période d'épreuve et de deuil national, je tiens à saluer la mémoire d'un homme qui à sa manière, est pour moi un héros tranquille. Dans le corps enseignant,

il y a aujourd'hui des femmes et des hommes qui s'exposent pour nous, pour la République, qui tiennent bon les valeurs essentielles sans lesquelles la République n'existe plus, sans lesquelles nous n'avons aucune chance de connaître le bonheur de vivre dans un Etat de liberté. Ce sont eux, les vrais combattants de la liberté. »

Je souscris totalement à son appréciation, l'éloge du silence en cette circonstance c'est le meilleur moyen de rendre hommage à cet enseignant, apporteur de lumières face à l'ignorance et l'endoctrinement stupide.

Viendras le temps de la résilience et le combat pour la Liberté reprendra.
C'est l'enseignant honoraire qui écrit cela.

Et pour mémoire, un grand défenseur de la laïcité, **Jean Jaurès**, dont la "Lettre aux instituteurs et institutrices", parue à l'origine dans les colonnes du journal « La Dépêche », le 15 janvier 1888.

Jean Jaurès a collaboré avec « La Dépêche », de 1887 à 1914, au travers de 1312 articles, dont le texte fort qui va suivre, dédié aux instituteurs et institutrices français.

Il met en avant le rôle primordial des enseignants dans la formation d'un citoyen éclairé dans une démocratie libre, que la droite et l'extrême droite voudraient bien faire leur, alors qu'ils sont par leur politique, responsables de la situation qui est faite à l'Education Nationale actuelle, alors qu'en même temps ils soutiennent les écoles et institutions d'enseignement privés qui ne se préoccupent pas de laïcité bien sûr!

Une belle manœuvre pour se déjuger, mais nous ne sommes pas dupes!

Voici donc l'intégralité de cette "Lettre aux instituteurs et institutrices" parue le dimanche 15 janvier 1888 *dans* « La Dépêche », qui deviendra plus tard « La Dépêche du Midi », qu'instrumentalise le Ministre de l'Education actuel Jean Michel BLANQUER, mais il fait bien, cela valorise ce qu'il combat par ailleurs : une bévue ! trop tard !

Lisez et savourez :

"Vous tenez en vos mains l'intelligence et l'âme des enfants ; vous êtes responsables de la patrie. Les enfants qui vous sont confiés n'auront pas seulement à écrire et à déchiffrer une lettre, à lire une enseigne au coin d'une rue, à faire une addition et une multiplication. Ils sont Français et ils doivent connaître la France, sa géographie et son histoire : son corps et son âme.
Ils seront citoyens et ils doivent savoir ce qu'est une démocratie libre, quels droits leur confère, quels devoirs leur impose la souveraineté de la nation. Enfin ils seront hommes, et il faut qu'ils aient une idée de l'homme, il faut qu'ils sachent quelle est la racine de toutes nos misères : l'égoïsme aux formes multiples ; quel est le principe de notre grandeur : la fierté unie à

Apolonia et Pedro au Pays Basque

la tendresse. Il faut qu'ils puissent se représenter à grands traits l'espèce humaine domptant peu à peu les brutalités de la nature et les brutalités de l'instinct, et qu'ils démêlent les éléments principaux de cette œuvre extraordinaire qui s'appelle la civilisation. Il faut leur montrer la grandeur de la pensée ; il faut leur enseigner le respect et le culte de l'âme en éveillant en eux le sentiment de l'infini qui est notre joie, et aussi notre force, car c'est par lui que nous triompherons du mal, de l'obscurité et de la mort.

Eh quoi ! Tout cela à des enfants ! Oui, tout cela, si vous ne voulez pas fabriquer simplement des machines à épeler. Je sais quelles sont les difficultés de la tâche. Vous gardez vos écoliers peu d'années et ils ne sont point toujours assidus, surtout à la campagne. Ils oublient l'été le peu qu'ils ont appris l'hiver. Ils font souvent, au sortir de l'école, des rechutes profondes d'ignorance et de paresse d'esprit, et je plaindrais ceux d'entre vous qui ont pour l'éducation des enfants du peuple une grande ambition, si cette grande ambition ne supposait un grand courage.

J'entends dire, il est vrai : À quoi bon exiger tant de l'école ? Est-ce que la vie elle-même n'est pas une grande institutrice ? Est-ce que, par exemple, au contact d'une démocratie ardente, l'enfant devenu adulte ne comprendra point de lui-même les idées de travail, d'égalité, de justice, de dignité humaine qui sont la démocratie elle-même? Je le veux bien, quoiqu'il y ait encore dans notre société, qu'on dit agitée, bien des épaisseurs dormantes où croupissent les esprits. Mais autre chose est de faire, tout d'abord, amitié avec la démocratie par l'intelligence ou par la passion. La vie peut mêler, dans l'âme de l'homme, à l'idée de justice tardivement éveillée, une saveur amère d'orgueil blessé ou de misère subie, un ressentiment et une souffrance. Pourquoi ne pas offrir la justice à des cœurs tout neufs ? Il faut que toutes nos idées soient comme imprégnées d'enfance, c'est-à-dire de générosité pure et de sérénité.

Comment donnerez-vous à l'école primaire l'éducation si haute que j'ai indiquée ? Il y a deux moyens. Il faut d'abord que vous appreniez aux enfants à lire avec une facilité absolue, de telle sorte qu'ils ne puissent plus l'oublier de la vie et que, dans n'importe quel livre, leur œil ne s'arrête à aucun obstacle. Savoir lire vraiment sans hésitation, comme nous lisons vous et moi, c'est la clef de tout. Est-ce savoir lire que de déchiffrer péniblement un article de journal, comme les érudits déchiffrent un grimoire ? J'ai vu, l'autre jour, un directeur très intelligent d'une école de Belleville, qui me disait : « Ce n'est pas seulement à la campagne qu'on ne sait lire qu'à peu près, c'est-à-dire point du tout ; à Paris même, j'en ai qui quittent l'école sans que je puisse affirmer qu'ils savent lire. » Vous ne devez pas lâcher vos écoliers, vous ne devez pas, si je puis dire, les appliquer à autre chose tant qu'ils ne seront point par la lecture aisée en relation familière avec la pensée humaine. Qu'importent vraiment à côté de cela quelques fautes d'orthographe de plus ou de moins, ou quelques erreurs de système métrique ? Ce sont des vétilles dont vos programmes, qui manquent absolument de proportion, font l'essentiel. J'en veux mortellement à ce certificat d'études primaires qui exagère encore ce vice secret des programmes. Quel système déplorable nous avons en France avec ces examens à tous les degrés qui suppriment l'initiative du maître et aussi la bonne foi de l'enseignement, en sacrifiant la réalité à l'apparence ! Mon inspection serait bientôt faite dans une école. Je ferais lire les écoliers, et c'est là-dessus seulement que je jugerais le maître.

Sachant bien lire, l'écolier, qui est très curieux, aurait bien vite, avec sept ou huit livres choisis, une idée, très générale, il est vrai, mais très haute de l'histoire de l'espèce humaine, de la structure du monde, de l'histoire propre de la terre dans le monde, du rôle propre de la France dans l'humanité. Le maître doit intervenir pour aider ce premier travail de l'esprit ; il n'est pas nécessaire qu'il dise beaucoup, qu'il fasse de longues leçons ; il suffit que tous les détails qu'il leur donnera concourent nettement à un tableau d'ensemble. De ce que l'on sait de l'homme primitif à l'homme d'aujourd'hui, quelle prodigieuse transformation ! et comme il est aisé à l'instituteur, en quelques traits, de faire sentir à l'enfant l'effort inouï de la pensée humaine ! Seulement, pour cela, il faut que le maître lui-même soit tout pénétré de ce qu'il enseigne. Il ne faut pas qu'il récite le soir ce qu'il a appris le matin ; il faut, par exemple, qu'il se soit fait en silence une idée claire du ciel, du mouvement des astres ; il faut qu'il se soit émerveillé tout bas de l'esprit humain, qui, trompé par les yeux, a pris tout d'abord le ciel pour une voûte solide et basse, puis a deviné l'infini de l'espace et a suivi dans cet infini la route précise des planètes et des soleils ; alors, et alors seulement, lorsque, par la lecture solitaire et la méditation, il sera tout plein d'une grande idée et tout éclairé intérieurement, il communiquera sans peine aux enfants, à la première occasion, la lumière et l'émotion de son esprit. Ah ! sans doute, avec la fatigue écrasante de l'école, il vous est malaisé de vous ressaisir ; mais il suffit d'une demiheure par jour pour maintenir la pensée à sa hauteur et pour ne pas verser dans l'ornière du métier. Vous serez plus que payés de votre peine, car vous sentirez la vie de l'intelligence s'éveiller autour de vous. Il ne faut pas croire que ce soit proportionner l'enseignement aux enfants que de le rapetisser.

Les enfants ont une curiosité illimitée, et vous pouvez tout doucement les mener au bout du monde. Il y a un fait que les philosophes expliquent différemment suivant les systèmes, mais qui est indéniable : « Les enfants ont en eux des germes, des commencements d'idées. » Voyez avec quelle facilité ils distinguent le bien du mal, touchant ainsi aux deux pôles du monde ; leur âme recèle des trésors à fleur de terre : il suffit de gratter un peu pour les mettre à jour. Il ne faut donc pas craindre de leur parler avec sérieux, simplicité et grandeur.

Je dis donc aux maîtres, pour me résumer : lorsque d'une part vous aurez appris aux enfants à lire à fond, et lorsque d'autre part, en quelques causeries familières et graves, vous leur aurez parlé des grandes choses qui intéressent la pensée et la conscience humaine, vous aurez fait sans peine en quelques années œuvre complète d'éducateurs.
Dans chaque intelligence il y aura un sommet, et, ce jour-là, bien des choses changeront."

Archives de « La dépêche du Midi » en 2020, photographie de l'original de la "Lettre aux instituteurs et institutrices" de Jean Jaurès parue dans « La Dépêche » le 15 janvier 1888.

A vous d'écrire la suite. Nous espérons que vous comprenez mieux la nécessité de ne pas négliger l'Histoire contemporaine avec la vie des ancêtres, la nôtre, la vôtre, car ce sont nos vies.

Je termine cette oeuvre mémorielle, aujourd'hui, 13 Novembre 2020, déjà cinq ans, en ayant une pensée très forte pour François, le neveux de Solange et moi, rescapé du „Bataclan" et qui a tant souffert durant des mois d'Hôpital, qui cette année, pour cet anniversaire, est sortie et reprends le dessus devant une bonne bière et une choucroute de chez Shmit.

Du Bonheur!

Les fanatismes et le fascisme rodent bien toujours!

Soyez donc vigilants, pensez aux ancêtres.

******///******

Grand merci de nous avoir lu !
Nous avons pris beaucoup de plaisir à marcher dans les pas des ancêtres, à écrire pour rendre compte et transmettre, cette histoire familiale en marche, pour les membres de la famille bien sûr, et découvrir une famille pour les autres.

Apolonia et Pedro au Pays Basque

Nous avons essayé que la grande Histoire soit présente en même temps que l'histoire familiale pour comprendre, interpréter, la vie sociale, économique des différents acteurs de la famille.

Et quelle Famille!

C'est extraordinaire de faire de la généalogie sur le terrain, voir, imaginer, raconter, vérifier des hypothèses, se « faire du cinéma » malgré la violence des découvertes, essayer d'emmener dans le voyage les descendants...les lectrices et lecteurs.

Merci aux cousines et cousins qui ont accepté que je raconte par écrit une vie, une histoire, des vies.

Ce sont les nôtres!

QUELLE HISTOIRE ...!

Gers et Pays Basque - 2020.

Apolonia et Pedro au Pays Basque

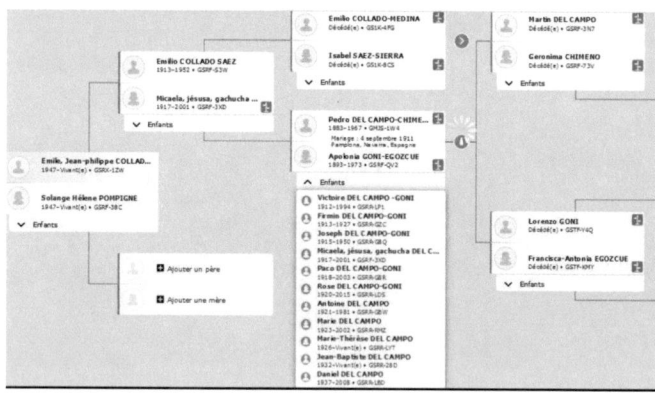

Apolonia et Pedro au Pays Basque

Acte de décès de Pedro Del Campo, transposé au Registre Civil de TRABAZOS. Il a été contrôlé et modifié par le juge du Registre Civil en juin 1970 et transmis par le Consulat de Bayonne. Ainsi Pedro Del Campo-Chimeno n'est pas un Pedro « Del Campo - Etchebeste ». Ce qui est plus conforme avec ce que nous avons découvert tout le long de notre enquête supervisée par « l'Inspecteur VITOS, le bas indémaillable »: quel talent !

Acte décés de Pedro Del Campo fait à Saint Just Ibarre

Lors de la naissance d'Antonio à « Ithurbidia », à Ibarre, grand père a la profession de **« Journalier »** en 1921, et en 1923/24 il est **« entrepreneur »** sur la revue qui retransmet le Bulletin Municipal de Saint Just Ibarre, lors de la réparation du pont « d'Abons ».

Dossier des étrangers de Apolonia GONI aux archives Départementales de Pau

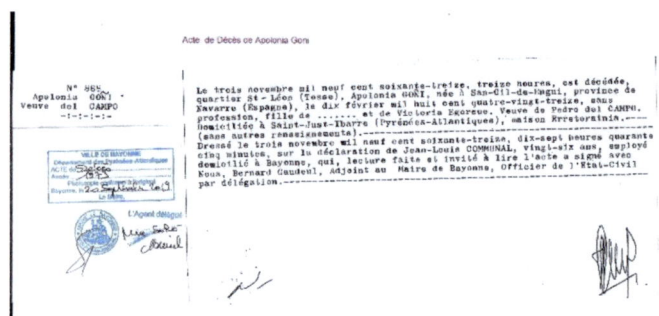

Apolonia et Pedro au Pays Basque

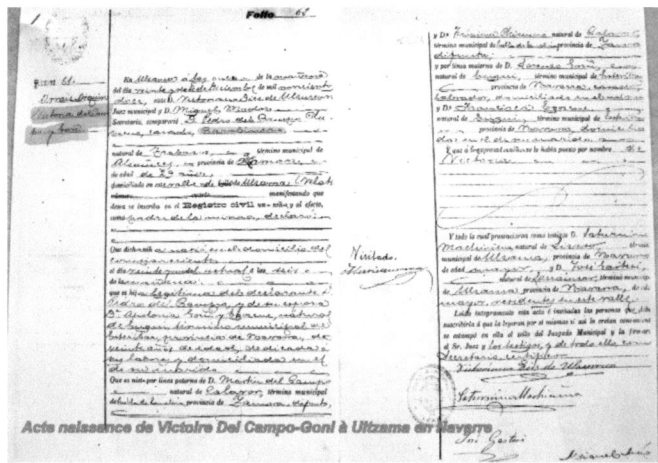

Acte naissance de Victoire Del Campo-Goni à Utzama en Navarre

Acte de naissance de Victoire Del Campo-Goni où nous découvrons que grand-père était, lors de sa naissance, « **Carabinero** » en Espagne, puisqu'elle est née à **Utzama en Navarre,** à quelques kilométres de Lantz.

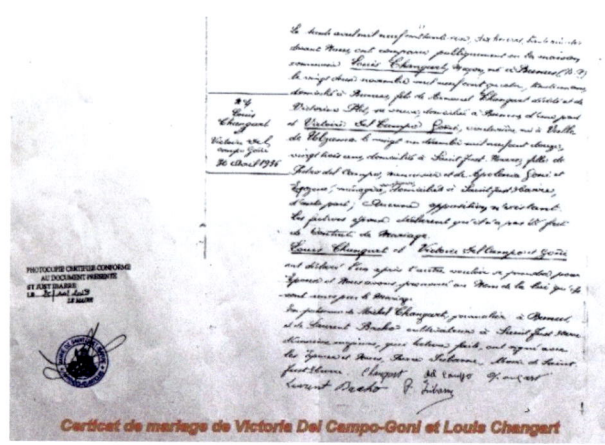

Certificat de mariage de Victoria Del Campo-Goni et Louis Changert

Dossier de José Del Campo aux Archives de Pau

Apolonia et Pedro au Pays Basque

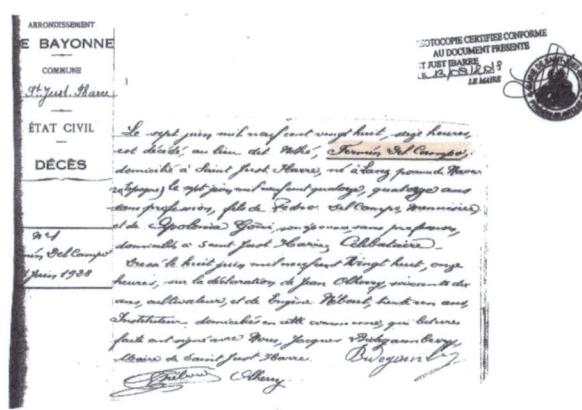

Firmin Del Campo Acte de décés fait à Saint Just Ibarre

Dossier de Gracieuse Del Campo aux Archives Départementales de Pau

Acte de décès n° 65 / 46
Jésusa Michèle DEL CAMPO

Acte de décès de Gracieuse Del Campo

Le dix octobre deux mille un, à huit heures quarante cinq minutes, est décédée 1 bis boulevard Charles de ------
Gaulle, Jésusa Michèle DEL CAMPO, née à EUGUI (Espagne), le quatre janvier mil neuf cent dix sept, -------
domiciliée à BAGNERES de LUCHON (Haute Garonne), 17 rue du Cecire, fille de Pédro DEL CAMPO, et de
Appolonia GONY, décédés, célibataire.---
Dressé le onze octobre deux mille un à neuf heures quatre minutes, sur la déclaration de Denis SUTRA, âgé ---
de 31 ans, employé des Pompes Funèbres, domicilié à BAGNERES de LUCHON (Haute Garonne), 27 imp. ---
du Larboust, qui lecture faite et invité à lire l'acte, a signé avec Nous, Henri BRUNET, Quatrième Adjoint, ----
Officier de l'Etat Civil par délégation du Maire.--

Copie certifiée conforme
selon le procédé de traitement informatisé

A   BAGNERES DE LUCHON
Le   11/10/2001
L'officier d'état civil

Antonio Del Campo Acte de Naissance
Fait à Saint Just Ibarre

Apolonia et Pedro au Pays Basque

Dossier des étrangers de Rosalie Del Campo aux Arcives Départementales de Pau

Acte de décès de (Paco) François Del Campo

DIRECTION ELECTIONS ETAT CIVIL
FORMALITES ADMINISTRATIVES
Service état civil

Acte de décès
Copie Intégrale

Acte de décès n°787/4

François DEL CAMPO

Le dix-neuf décembre deux mil trois, à dix-huit heures, est décédé en son domicile, 2 rue d'Aquitaine, **François DEL CAMPO**, né à Eugui (Espagne) le -18 mai 1918, retraité, fils de Pedro DEL CAMPO et de GONI GOZCUE, décédés, célibataire. ----
---- Dressé le 20 décembre 2003, à 08 heures 40 minutes, sur la ------
déclaration de Philippe BACHET, âgé de 62 ans, Religieux, domicilié à ----
Toulouse (Haute-Garonne), 2 rue d'Aquitaine, qui, lecture faite et invité
à lire l'acte, a signé avec Nous, Muriel DUFOUR épouse VELASCO, ------
Fonctionnaire de la Mairie de Toulouse, Officier de l'Etat Civil par ----
délégation du Maire. ---------

Copie délivrée conforme au registre
A TOULOUSE, le 20 décembre 2003
L'officier de l'état civil

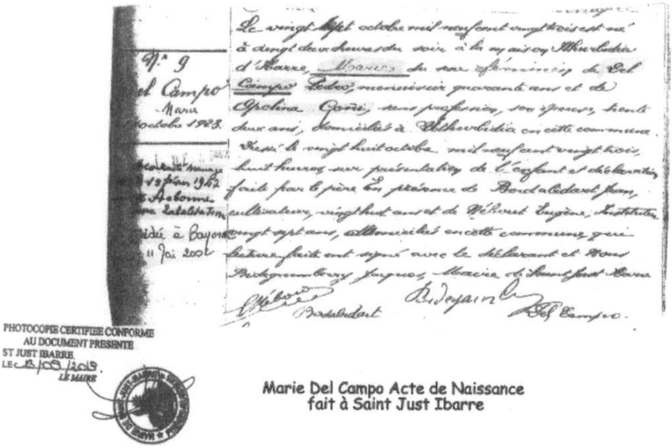

N° 9
Del Campo
Marie
27 octobre 1923.

Le vingt sept octobre mil neuf cent vingt trois est née à vingt deux heures du soir à la maison Etcheberria d'Ibarre, Marie du sexe féminin de Del Campo Pedro, menuisier quarante ans et de Apolina Goñi, sans profession, son épouse, trente deux ans, domiciliés à Etcheberria en cette commune. Dressé le vingt huit octobre mil neuf cent vingt trois, huit heures sur présentation de l'enfant et déclaration faite par le père en présence de Bordaledart Jean, cultivateur, vingt huit ans et de Nébout Eugène, instituteur vingt sept ans, domiciliés en cette commune qui lecture faite ont signé avec le déclarant et Nous Bidegainberry Jacques, Maire de Saint Just Ibarre.

Nébout Bordaledart Bidegain Del Campo

PHOTOCOPIE CERTIFIEE CONFORME
AU DOCUMENT PRESENTE
ST JUST IBARRE
LE 13/09/2019
LE MAIRE

Marie Del Campo Acte de Naissance
fait à Saint Just Ibarre

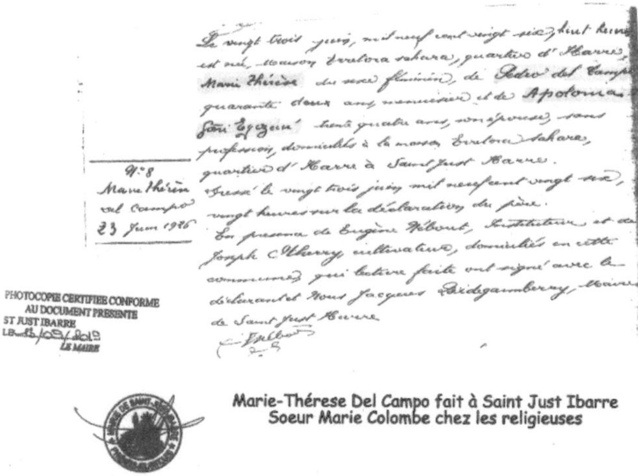

N° 8
Marie Thérèse
del Campo
23 Juin 1926

Le vingt trois juin, mil neuf cent vingt six, huit heures est né, maison Erretora sahara, quartier d'Ibarre, Marie Thérèse du sexe féminin, de Pedro del Campo quarante deux ans, menuisier et de Apolonia Goñi Eyzaguirre trente quatre ans, son épouse, sans profession, domiciliés à la maison Erretora sahara, quartier d'Ibarre à Saint Just Ibarre. Dressé le vingt trois juin mil neuf cent vingt six, vingt heures sur la déclaration du père. En présence de Eugène Nébout, instituteur et de Joseph Etcheverry, cultivateur, domiciliés en cette commune qui lecture faite ont signé avec le déclarant et Nous Jacques Bidegainberry, Maire de Saint Just Ibarre.

PHOTOCOPIE CERTIFIEE CONFORME
AU DOCUMENT PRESENTE
ST JUST IBARRE
LE 13/09/2019
LE MAIRE

Marie-Thérese Del Campo fait à Saint Just Ibarre
Soeur Marie Colombe chez les religieuses

Daniel Del Campo acte de naissance fait à Saint Just Ibarre

Jen-Baptiste Del Campo acte de Naissance
fait à Saint Just Ibarre

Mariage Antoine et Odette en 1953 - 48 Avenue de la Gare - 31110 Bagnères de Luchon.

Apolonia et Pedro au Pays Basque

Bibliographie sommaire

NOM	Prénom	Ouvrage	Éditeur	Année
ALBA	Santiago	L'Espagne et la dictature. Bilan. Prévisions. Organisation de l'avenir	Librairie de Valois Librairie de Valois	1930
BENNASSAR	Bartolomé	La guerre d'Espagne et ses lendemains	Edition PERRIN	2006
BERMEJO	Benito	Le photographe de Mauthausen	Territoire de la Mémoire	2017
BLACO IBANEZ	Vicente	Alphonse XIII démasqué : la terreur militariste en Espagne	Flammarion	1924
CAMUS	Albert	L'Homme révolté	Gallimard Folio Essais	1951
CHAVES-NOGALES	Manuel-Mariano	Chroniques de la guerre civile août 1936- septembre 1939	Quai Voltaire	2014
CHOMBART DE LAUWE	Marie-José	Résister Toujours. Mémoires	Flammarion	2015
DAIX	Pierre	Bréviaire pou Mauthausen	Gallimard	2005
DE GAULLE-ANTONIOZ	Geneviève	La traversée de la nuit	Points	2001
DURST	Carine	Un chemin de Retirada	Auto-produit Amazon	2018
GRELLET	Gilbert	Un été impardonnable	Collection Particulière	2010
GUERENA	Jean-Louis	Armée, société et politique dans l'Espagne contemporaine	Éditions du Temps	2003

HITLER	Adolf	Mein Kampf - Mon Combat	Nouvelles Éditions Latines	1934
L.SBIRER	William	III° REICH	Stock	1990
LAHARIE	Claude	Le camp de Gurs 1939-1945	J&D Éditions	1984
OBIN	Jean Pierre	Comment on a laissé l'islamisme pénétrer l'école	Ed ERMANN	2020
ONFRAY	Michel	Théorie de la Dictature	Robert Laffont	2019

Pedro DEL CAMPO-CHIMENO, une vie, celle de mon grand-père Maternel, arrivé de Navarre en Espagne, en 1921, pour je ne sais quel motif, avec Apolonia GONI-EGOZCUE, ma grand-mère maternelle, et leurs six enfants, s'installer en Navarre Française, au Pays Basque.

Ce sont ces vies, à grands traits, que nous retraçons à travers le miroir de l'Administration Française et Espagnole, et les Archives Départementales du 64, en recherchant le pourquoi et le comment dans l'évolution du temps, sans oublier l'histoire, leurs histoires, dans la Grande Histoire de l'époque à nos jours.

Tentative de généalogie pour trouver des racines familiales forts disparates, dispersées dans le temps et l'espace, encore inconnues, cachées, dans un monde en mouvement qui débute en 1883, année de naissance de Pedro notre grand-père (Aîtachi), à aujourd'hui où c'est nous le grand-père qui racontons aux petits enfants, enfants, cousines et cousins, tantes et oncles…

Bref ! la vie des ancêtres pour ne pas oublier les racines du Pays Basque.
Emile COLLADO-DEL CAMPO. Fils de Jesusa DEL CAMPO-GONI et Emilio COLLADO-SAEZ.
Personnel de Direction et d'Inspection de l'Education Nationale, Honoraire. Chevalier de l'Ordre des Palmes Académiques. Délégué Départemental de l'Education Nationale, département de Seine et Marne Honoraire.
Economiste politique, Sociologue, psychologue, Université de Paris VIII, Paris X Nanterre, EPHSS de Paris. Ex chargé de cours à l'Université. Ex salarié de l'Office National de l'Azote (ONIA) de Toulouse, de le société ERA (audio-visuel), de la sous-traitance d'IBM France en région parisienne, et divers petits métiers. Ex Journaliste stagiaire Reporter d'Image A2, Journaliste politique à RFM-Marne la Vallée et Meaux. Ex sportif et toujours Aviateur.

© 2020 Emile COLLADO-DEL CAMPO

© 2020 Emile COLLADO-DEL CAMPO

Éditeur: BoD-Books on Demand
12-14 rond-point des Champs-Élysées, 75008 Paris
Impression: Books on Demand, Norderstedt, Allemagne
Illustration: E C-D

ISBN EST 9782322260294

Dépôt légal : Novembre 2020